La vida pasajera

ᘓᕉᘔᕣ

I0682563

Víctor Manuel Ramos

Novela ganadora en 2010
del Primer Certamen Literario
de la Academia Norteamericana
de la Lengua Española

Ediciones Arrebol
TERCERA EDICIÓN

Ediciones Arrebol.
P.O. Box 20735, Huntington Station, NY 11746.
Copyright © Víctor Manuel Ramos, 2004.

La vida pasajera, tercera edición, 2019.
Ediciones anteriores en 2011, 2013. Primera edición publicada por el *Instituto Castellano y Leonés de la Lengua* en Burgos, España. Todos los derechos reservados.
www.vmramos.com

ISBN-13: 978-1-7334309-1-3
ISBN-10: 1-7334309-1-1
Library of Congress Control Number:2019910314

Opiniones de los jueces del Primer Certamen Literario de la Academia Norteamericana de la Lengua Española

"Tanto el aspecto formal como la caracterización de personajes de *La vida pasajera* convencen al lector. La novela merece más de una lectura".

> — Rolando Hinojosa-Smith, novelista, ensayista, poeta, y profesor emérito, Universidad de Texas en Austin.

"*La vida pasajera* es una excelente novela con una sólida estructura y un estilo lleno de madurez literaria ... Entre las varias virtudes que me llevaron a escogerla como ganadora se encuentran su hermosa narrativa poética y la virtud de hacer que el lector se inmiscuya en la trama desde el principio ... *La vida pasajera* es una joyita literaria que merece ser premiada y ante todo leída".

> — Mariela Gutiérrez, directora y profesora emérita distinguida, Departamento de Estudios Hispánicos, Universidad de Waterloo, Ontario, Canadá.

"Es digno de admirar en *La vida pasajera* el lenguaje del autor que tan bien sabe combinar la objetividad en la descripción de lugares y costumbres, tanto en el lugar de origen como en el de la inmigración, con la subjetividad creadora que potencia poéticamente sus descripciones." El autor "penetra con sutileza y agudeza en los motivos psicológicos de los personajes, captando ese ritmo propio e irregular de la vida que novela y que con tanto sentido de verdad se palpa en esta ficción novelesca".

> — Víctor Fuentes, crítico literario y novelista, y profesor emérito, Universidad de California en Santa Bárbara.

Otras lecturas de *La vida pasajera*

"Entrar en el mundo de *La vida pasajera* … es vivir con intensidad las experiencias vitales de los personajes de esta conmovedora obra en la que se relata, con humor y sentimiento, las vicisitudes de una familia entre dos mundos, la República Dominicana, su tierra de origen, y Estados Unidos, su tierra de adopción. El autor, el dominicano Víctor Manuel Ramos, describe con un ritmo de frases punzantes, brillantes, con mucho color local e imágenes precisas, a los personajes, lugares y costumbres de esta historia, sumergiéndonos en un mundo en donde la lucha por la supervivencia es el pan de cada día".

— Nuria Morgado, profesora asociada, College of Staten Island y CUNY Graduate Center.

"Podría entenderse que *La vida pasajera*, obra de corte claramente realista, busca capturar el tejido social hispanounidense. En la prosa cuidada del narrador se intercalan fragmentos que reproducen la oralidad casi táctil de la lengua *viva* hablada por variopintos personajes. Uno de los mayores logros de la novela es sin duda su alta polifonía, relacionada aquí con la medida en que el narrador cede (democráticamente) la palabra a las más diversas voces, todas ellas convincentes".

— Patricia López-Gay, profesora asistente, Bard College.

"*La vida pasajera* … constituye más que un salto adelante (si es que en la literatura se puede hablar de avance o retroceso) la corroboración de una novelística fundamentalmente realista".

— Gerardo Piña-Rosales, director honorario, Academia Norteamericana de la Lengua Española.

*A todos aquellos cuyas vidas
tocaron la mía, aun sin saberlo,
incluso los que se fueron,
por enseñarme que mi vida
no es realmente mía, sino de todos.*

La partida

l día que Graciela se fue la recogió un chofer sudado cuya epidermis era como la tierra mojada de algunos callejones. Era un hombre inflado que tenía el cuerpo fofo de un batracio común. Manejaba un minibús tembloroso del que salía un quejido insistente. Tiró de la palanca de cambios con el desdén de un experto. Inclinó la redondez de su vientre hasta el guía y, mirando hacia las entrañas de la casa, golpeó el centro del volante, dos, tres veces. Era hora de irse.

A ella le temblaban las manos al alcanzar a su padre con un abrazo. Olía a madera, como siempre olería en los depósitos de su memoria. Cuando estrechó el pecho de su madre, agujereado como el de ella, quiso hablar, pero no salió nada. A sus hermanas alcanzó a decirles, sin decírselo del todo, que las quería.

"Cuídense mucho" fue todo lo que articuló.

Igual a sus hermanos: "Pórtense bien".

La bocina sonó otra vez, antes de que les dijera que les escribiría.

El chofer descendió de su trono y le quitó la maleta, que arrojó sin pena sobre la parrilla de su vehículo. Antes de subirse, Graciela miró otra vez hacia la vida que dejaba. Lo que para ella quedó más vívido fue el amarillo canario de la camisa que vestía Tobías, el menor de los varones. Tras muchas lavadas, dos mudanzas, un incendio y el sudor seco del tiempo, lucía nueva. De hecho, toda la vida lucía nueva.

El itinerario del chofer la llevó a un recorrido por otras barriadas, haciéndola testigo de nuevas despedidas, pegajosas como la suya. En la hora y media del trayecto, el conductor no pronunció palabra, y los demás pasajeros charlaban demasiado con los rastrojos de sus últimas memorias como para relacionarse con las vidas ajenas. El chofer se estacionaba frente a las casas asignadas y tocaba su bocina otra vez. Exhalaba desinflándose, como si se le vaciara la paciencia. Se bajaba lentamente de su asiento, que también soltaba un lamento aéreo de entre su forro de cuero. Acomodaba las maletas, y, sin más enredos, reanudaba su ruedo. Dejaba que la radio emitiera cualquier merengue, como un tintineo que servía de fondo a la existencia.

***

Esto fue mucho antes. El cadáver yacía sobre una mesa rústica: una armadura de tablas disparejas que ocultaba el vacío de la casucha. Algunas mujeres de aquel paraje, iniciadas en los ritos de la muerte, procuraron una sábana blanca. Sobre ella pusieron aquellos huesos y pellejo que antes iban y venían —buscando agua del arroyo, llevando y trayendo ropas ajenas, restregándolas entre sus dos puños, gastados de guayar yucas y ajuntar fogones. Un par de hombres, uno de ellos con sus extremidades desnudas al sol del mediodía, juntaban unos maderos descoloridos sobre la tierra aplastada del patio, y los aserruchaban.

A diferencia de los vivos, la muerta era feliz. Sus brazos y piernas se distendían y sus manos, de dedos suavemente encorvados, descansaban. Todavía vestía la falda de cuadritos blancos y azules, ya borrosos, y la blusa marrón que la acompañaron por años.

En su rostro demacrado Ramona casi veía la sonrisa desdentada que era la evidencia personal de un sufrimiento más antiguo y profundo que el que las lágrimas suelen expresar. Su segunda madrastra, que la trató con la brusquedad amorosa que era de esperarse solamente de una madre, murió. Pero con ella no murieron sus penas.

Siempre estaba enferma. Sobre todo en las noches en que los dolores abdominales la hacían retorcerse en la oscuridad. Pero nadie supo exactamente qué tenía. El último curandero que la vio aseguró que le cayó "un mal", y todos concluyeron que fue seguramente la primera madrastra, la que se marchó una tarde sin avisar, quien se lo echó. Pero el ensalmo solamente la alivió y los dolores regresaron un par de noches después, con mayor intensidad. Murió.

Esa mañana sirvió café a todos, y puso el suyo en un jarro tiznado del que no llegó a bebérselo. La vieron acostarse en la hamaca de saco duro y cerrar los ojos sin decir nada. La vida se le salió de adentro con la misma falta de solemnidad con que llegó cuando nació, diminuta, por esas mismas tierras donde ella afanó, como todos los demás, para ganarse cada día de su existencia.

Los primeros campesinos de Damajagua Adentro que le precedieron eran gente de madera que llegaron a esos lados de la sierra después de subir y bajar lomas, cruzar cañadas y reposar en valles en busca de las zonas más tupidas de los picos para tumbar los árboles, pelar sus ramas y vender la carne compacta de sus troncos a precio de miseria. Los hombres se iniciaron en la aserrada para suplir las necesidades domésticas y terminaron sirviéndoles a agentes exportadores, que subían las cargas en camiones hasta dos veces por semana.

Cuando los compradores se fueron, después de unos tres años de desafío abierto a las autoridades de foresta, los aserradores cansados que se quedaron en las faldas de las lomas y en los pequeños valles se encontraron sobre un suelo amarillo y empolvado, donde sobrevivía la vegetación que no tenía valor comercial. En ese mundo de lagartos de pieles resecas, perros hueveros y vacas enflaquecidas surgieron las pequeñas comarcas que sobrevivían a fuerza de tubérculos y del conocimiento ancestral que heredaron de esas tierras lampiñas.

A pesar del sol ardiente que hacía que el mundo transpirara desde antes del mediodía y hasta bien entrada la tarde, los conucos sin sombra de la región tenían dos virtudes: estaban llenos de yerba mala y descargaban todo su veneno en la gestación de numerosos manojos de yuca amarga. La yerba era buena para los herbívoros, y los humanos habían aprendido a vivir con el resentimiento de la tierra.

Los hombres, usualmente con la ayuda de sus hijos, sembraban las yucas en hileras, después de trabajar con pico, pala y azada para allanar las laderas deformes y desentumir sus caparazones empedrados. Mientras se daba el cultivo, los aserradores viajaban a otros lugares, donde todavía quedaban árboles de tumbar, para ayudar en la tala despiadada del bosque tropical. Las mujeres se quedaban atrás con los hijos y la escasez, endeudándose con los pocos comerciantes que vendían cualquier alimento al detalle. Una rueda de salchichón, de unas cuantas onzas, se repartía con varios pedazos de pan sobado y ahí estaba la cena. Algunas batatas secas engañaban el hambre. El jarro ocasional de leche espumosa, acabado de exprimir de alguna vaca, constituía un manjar celestial. A la hora de la cosecha todos trabajaban, desenterrando las raíces y volviendo a lastimar así las llagas de la tierra, y de sus manos. La yuca, de cáscara roja y púrpura, no servía para el consumo. Podía con su amarga hiel de cianuro matar hasta a los animales más grandes que masticaran algún trozo desechado durante la cosecha.

Esa negación de la naturaleza a cooperar no vencía las ganas que eran la marca de la especie. Las mujeres pelaban y guayaban los rabos de yuca y exprimían la pulpa antes de ponerla al sol, cubierta por manteles de soga que amarraban con cabuyas. Los hombres subían sobre ellos peñones sacados de los ríos, que apenas levantaban entre dos o tres. El peso de la gravedad y de las rocas afiladas hacía que las yucas excretaran su veneno hasta la última gota. Después, las mismas mujeres tamizaban lo que quedaba, hasta terminar con una pulpa harinosa y desabrida que ellas aplastaban y moldeaban sobre hornos de barro calcinado. El resultado, después de tostarse ellas los rostros con el resplandor de la leña quemada, era el casabe duro y reseco que suplementaba las comidas y se vendía por tortas redondas y rebanadas sectoriales en el mercado del pueblo y las calles de la ciudad.

Ramona pertenecía a esa progenie. Era la segunda hija de Fernando Rodríguez, un aserrador al que le gustaba fumar su tabaco en pipa y que prefería el café fuerte y amargo tres veces al día. Su madre murió de parto con la que hubiera sido la quinta hija de la pareja, cuando Ramona tenía unos siete años. El viudo, que combatía su precariedad con la venta de casabe, buscó una y otra mujer y regó su semilla por los parajes cercanos.

Mudó a la primera madrastra, una mujer diez años menor que él que era la envidia de los demás aserradores, a ocho meses de haber muerto su esposa. Margarita Jiménez, como se llamaba, tenía lo que tienen todas las mujeres, pero distribuido proporcionalmente, y estaba marcada por una salud física prodigiosa, que, según él luego descubrió, no se correspondía con su mentalidad enflaquecida. Hablaba sola, casi todo el día, y a veces se despertaba en la madrugada pegando gritos y tirándole objetos a alguna sombra imaginaria. Su locura culminó cuando desarrolló la costumbre de desnudarse para hacer los oficios, y a veces se iba al arroyo a buscar una cubeta de agua con sus mamas expuestas al sol de la tarde. No le valía que él se quejara, porque ella decía que Dios mismo hizo a las criaturas de la tierra sin trapos sobre la piel, y que era un pecado ponerse ropa en un lugar donde siempre hacía un calor maldito.

Si bien era cierto que la densidad poblacional de Damajagua Adentro era mínima, y que los hombres salían con el sol del alba a ganarse la comida del día, pronto se regó la voz de aquella beldad desnuda, que se agachaba a guayar las yucas como llegó al mundo. Al padre de Ramona no le hubiera molestado aquella particularidad, de no haber sido porque empezó a ver sombras moviéndose entre las ramas, que exacerbaban aún más la locura de su mujer. Ella decía que eran los espíritus inmateriales, pero él muy bien sabía que eran seres tan sólidos como el puñetazo que él le pegó a uno de ellos. Lo encontró espiando a su mujer mientras ella descargaba su vientre con la puerta de la letrina abierta. El hombre corrió atolondrado y se deslizó por un barranco para evitar otras contusiones. Lo vieron a la entrada del pueblo de San José de las Matas, con los brazos arañados por las espinas y el ojo izquierdo amoratado. El incidente hizo que se propagara aún más la noticia de que en esos montes una mujer lucía sus gracias para la dicha de los mayores y la educación de los pequeños. Los árboles que rodeaban el terreno se fueron llenando de hombres y al padre de Ramona no le quedaba nada que hacer. Un día, pensando que eso mataría de celos a los espectadores y le daría a él su justa venganza, trancó las cuatro crías en la casucha, se quitó la ropa y violó a la Margarita desnuda en medio del patio.

En toda la región se supo de la mancha anaranjada que Fernando tenía en la nalga derecha, supuestamente el antojo insatisfecho que tuvo su mamá por desear una auyama. A cuenta de eso, Fernando casi mató a un adolescente que se rio de él cuando pasaba por la plaza de las Matas y vociferó con vocación de platanero ambulante que "el hombre de la mancha" estaba en el pueblo. Le quitaron al adolescente de abajo cuando sus pulmones estaban a punto de colapsar. El caso llegó al alguacil y juez de esos campos, un campesino que nunca se afeitaba y cargaba una chata de ron en el bolsillo trasero del pantalón. En vez de imponer días de cárcel o alguna otra pena, el hombre le regaló a Fernando un cinturón de cuero, le ordenó que fuera a la casa y que le diera "una pela a calzón quitao" a su mujer, culpable de tanta conmoción. Fernando no pensaba acatar la orden, pero cuando llegó al monte donde estaba su casa encontró a su hija, Ramona, también en pelotas, ayudándole a su madrastra a barrer el patio. Las persiguió a las dos por entre los matorrales, ajustándoles correazos cada vez que las alcanzaba. Cuando regresaron a la casa las acabó de arreglar, amarrándole las manos y pies y sentándolas desnudas sobre un hormiguero. Se les hincharon los labios vaginales, aunque no por las hormigas de tierra que eran inofensivas, sino por la dureza del suelo. Las dos se pusieron vestidos y decidieron no volver a desnudarse jamás. Margarita ni siquiera se quitó la bata de dormir cuando Fernando se le acercó erguido noches después, quemándose con el fervor que le hacía dichoso en la cama.

Ella se fue un martes en la tarde y no se volvió a oír de su paradero hasta unos siete meses después, cuando alguien puso un anuncio anónimo en el programa de servicios públicos de Radio Norte, la única emisora de frecuencia estable en aquella zona de lomas disparejas. Dijo el locutor, de voz congestionada, que "Margarita Jiménez dio a luz al fruto de una violación, la niña Noelia, hija del señor Fernando Rodríguez de Damajagua Adentro, impune ante la ley, pero pendiente del juicio de Dios, que a todos nos cae".

***

Afuera, los hombres clavaban.

Primero tres tablas, después otras tres, unidas a esas por un injerto de madera, crucificado entre la intersección de ambas, y, poco a poco, el conjunto tomaba la forma diamantina de un féretro para un cuerpo delgado. Una caja de muertos.

La pusieron al sol, a ver si la madera resistía sin rajarse, y prepararon la tapa, del mismo contorno que el resto de la caja. El hombre descamisado que la terminó se sentó bajo la sombra insignificante de un árbol de pocas hojas, goteando el sudor. Se quitó la gorra, exponiendo un cabello negro y resbaloso, y miró al cielo que se asomaba más allá de los cogollos. Se dio cuenta de que Ramona, de entonces unos catorce años, lo miraba por la ventana como si estudiara su espécimen. Tomó la camisa, que llevaba en el bolsillo trasero de su pantalón y se la puso. La dejó desabotonada.

—Niña —le dijo—, no se preocupe, que su mamá se fue al cielo.

El hombre sudado apuntó a un conjunto de cirros lejanos y le dijo que los mirara, que las nubes estaban rizadas, y que eso se debía a que los ángeles habían puesto una escalera hacia el otro mundo.

En eso, un joven llegó en burro, con un vestido blanco que el padre de Ramona encargó por algunas monedas, según se lo pidieron las mujeres que rezaban la Salve con mucha convicción, *A Ti suplicamos, gimiendo y llorando en este valle de lágrimas*.

Una de ellas, de mirada larga como los años, tomó la vestimenta. La sujetó de las hombreras y, extendiendo sus brazos hacia arriba, dejó colgar el vestido para ver cuán largo era. Hizo gesto de aprobación y, exhibiendo una delicadeza admirable, lo sobrepuso sobre el cuerpo de la muerta.

Ramona volvió su atención hacia adentro y vio la chancleta vieja, cosida una y otra vez por los dedos largos de su madrastra, que todavía colgaba del dedo gordo de su pie derecho. En el atuendo blanco se reflejaba la luz vespertina, y Ramona se imaginó a la mujer caminando por entre la sierra, vestida con él. Pensó que de seguro no le gustaría tanto resplandor.

Fue en ese mismo reflejo disperso del sol, que rebotaba de aquel vestido y de la sábana que cubría la mesa, que Ramona advirtió una sombra inhumana entre el calor que los cocía a todos. Salía de entre las hebras desteñidas del pelo de la muerta, sujetado todavía por un moño que le servía de almohada.

Era una mancha que se desbarataba, harta de la sangre vieja y estéril que ahora era sustancia venenosa, y se regaba sobre la sábana blanca, buscando otro anfitrión, como la vida que horas atrás se marchó.

Eran los piojos que, llevados por el instinto, huían de aquel cuerpo.

2

Las brisas del camino se hicieron fluidas y saladas poco antes de llegar. El hombre sapo desmontó el equipaje en el aeropuerto, con la misma impaciencia mecánica con que se condujo desde un principio, mientras el merenguero de la radio profesaba sobre la arbitrariedad de las cosas: *Mi amigo Vicente, esto hay que contarlo; mi amigo Vicente, esto hay que contarlo; el tabaco es fuerte, pero hay que fumarlo; el tabaco es fuerte, pero hay que fumarlo.*

Graciela abordó el fuselaje brilloso y cilíndrico del avión a eso del mediodía. Antes, traspasó el desorden de vientos, todavía espumosos, que salían del Atlántico y se perdían en la pista. Las últimas impresiones se le ahogaron entre el caleidoscopio acuático de las lágrimas, disueltas sobre la curva ovalada de su rostro. Pensó en su familia, en los sufrimientos idos, en las cosas por venir y la incertidumbre se le diluyó. Mientras las turbinas se encarnizaban ruidosas contra el viento y la gravedad, una voz femenina revivió los altavoces con su calma robótica. Dio la bienvenida al vuelo sin escala, anunciando el aterrizaje para unas tres horas después. Las condiciones del tiempo serían buenas, con cielos mayormente despejados y unos ochentaicinco grados Fahrenheit en el Parque Central. *Gracias por volar con American Airlines.*

Graciela miró sus sueños por la ventanilla, y la leche descremada de las nubes en erupción, y la masa aparentemente inerte de un mar acolchonado — percatándose de que el cielo no era ninguna tierra angelical, sino evidencia de la grandeza del mundo. Las nubes por arriba eran igual que por debajo, y por dentro una nada blanca que sacudía al avión. Entre los grandes boquetes de azul se veían sus sombras, como manchas profundas en la piel del planeta. No muy lejos de la costa, bamboleaba uno que otro barco precario. Mar adentro solamente era la masa reverberante del agua. Hasta que no hubo sino recuerdos. El avión descendió vertiginosamente entre nubes más vaporosas y pasajeras, y se encontró de repente sobre el complejo circuito que era la ciudad. El roce con el pavimento raspado fue eléctrico e inesperado. Los demás aplaudieron con manos nerviosas que gritaban: ¡Tierra! ¡Ya llegamos! ¡Estamos vivos! ¡Nueva York! ¡Nuevayor!

En tierra, Graciela verificó nuevamente la corta estatura de su marido que la abrazó en la explanada de la terminal. El zumbido de voces lo turbaba todo. A primera vista, desde el taxi amarillo que abordaron, Nueva York se desnudaba como una serie de luces, calles asfaltadas, estructuras de ladrillo y aceras grisáceas, que no eran más que la repetición incesante de cualquier ciudad pequeña.

Su opinión cambió, de repente, cuando el taxi cruzó uno de los grandes armazones metálicos que servían de puentes.

Quedó expuesta, sin aviso, al gran abismo que se daba entre una orilla y la otra. Toda la complejidad de la ciudad, dispareja, puntiaguda, ruidosa, exagerada, arriesgada, indiferente, dolorosa, preciosa y espantosa a la vez, se concretó en esa vista de edificios desproporcionados, envueltos a la vez en la neblina sucia de sus propias exhalaciones. Graciela vio las siluetas cortantes que, más allá del Río del Este, se alzaban hasta el cielo de su propia aspiración: Igual que sucedía con ella y con todos los seres humanos que sueñan. Rogelio le dijo que esa visión, hirviente y húmeda en aquel sol de agosto, era el Manhattan donde vivirían. Ella le apretó las manos y sonrió.

Hay pocas cosas como encontrarse por vez primera frente a un edificio y mirar hacia arriba, descubrir en sus bordes, en sus dimensiones y su altura las proporciones del ser humano, cuyas invenciones le superan, le empequeñecen, le agobian, le limitan y le definen. Graciela se sintió diminuta. Algo resonó dentro de su caja craneal. En las sombras vespertinas que cubrían la Eldridge Street le asaltó la incertidumbre de encontrarse en un laberinto sin salidas.

Todavía así, con las nostalgias que por instantes le aturdían, se entregó de una vez a la convicción de que las dimensiones de Nueva York importaban, y como consecuencia ella importaba.

***

Se entregó esa misma noche. Con cada apertura de su cuerpo se daba a la ciudad y a su nueva vida. Sudorosa, se hundió con los sueños, aliviada tal vez de posponer cualquier pena y recuerdo hasta otro día.

Despertó la mañana siguiente con la extrañeza de ser otra, o de querer serlo. La luz metálica que se filtró por las rendijas de una persiana veneciana le cegó las pupilas dilatadas. Percibió a su lado la presencia pesada de Rogelio, que exhalaba un aire caliente cerca de sus orejas, y notó el cielo raso, de terminación rústica.

Un blanco cremoso inundaba todas las superficies. Las paredes estaban peladas, a excepción de un calendario torcido cerca de la puerta. Desde su cubierta brillosa le sonreía de medio lado una mujer rubia y alta, en traje de baño azul ceñido a las contorsiones de sus caderas. Bajo la foto había una inscripción, que Graciela leyó al acercarse. *Alegría tropical*, decía, y en letras más cuadradas y grandes se anunciaba con su dirección y teléfono la bodega de Broome Street. Sacó el afiche de la pared y desengrapó el librillo que tenía las fechas y las fases de la luna para retenerlo. El resto fue a la basura.

Organizaba los pocos utensilios de cocina que tenían cuando Rogelio se levantó, mientras el café hervía en una greca cuya forma poligonal semejaba el vestido tachonado de una mujer de cintura angosta. Desde esa misma mañana, con la impulsividad obsesiva que desarrolló en sus años de sirvienta, Graciela organizó y aseó fielmente los espacios y objetos de la vida diaria, como si con ello desterrara todos los males. Al apartamento, que antes fue una colección al azar de objetos dispares, lo domó con su espíritu afanoso, convirtiéndolo en un santuario donde la luz rebotaba del limpio de las paredes y el piso de linóleo gris.

Ocupaban un espacio de formas rectangulares, encaramados en el quinto piso de un edificio de seis niveles, sobre esa callejuela estrecha del bajo Manhattan.

Eran unas ocho cuadras de estructuras pegadas que, a ambos extremos, tocaban las fronteras imaginarias entre dos vecindarios, ocupados por distintas etnias, una china y la otra italiana.

Rogelio le contó que obtuvo el apartamento sin mucho esfuerzo, tras vivir un par de años con su hermana mayor, que ocupaba otro en ese mismo piso, al extremo opuesto de un estrecho pasillo. Aunque tenía dos cuartos de dormir, que era más de lo que necesitaban, él lo rentó en cuanto lo desocupó un viudo irlandés que se fue, como suele suceder en las megalópolis, sin que nadie supiera adónde ni por qué.

La mudanza de Rogelio fue cuestión sencilla. Bastó con que cruzara el pasillo varias veces, cargando sus escasas pertenencias. En los cinco meses que esperó a que se concediera la visa, él equipó el apartamento con una cama más grande que la suya, algunos utensilios de cocina regalados y otros comprados: una mesa de formica, unos muebles usados y unas cortinas que su hermana cosió lentamente. Las persianas venecianas las dejó el inquilino anterior y Rogelio las limpió. El calendario fue cortesía del bodeguero.

La única otra persona que recibió a Graciela fue su cuñada Minerva, una mujer de conversar pausado y movimientos lentos que nunca pronunciaba la ese. No estaba claro si era porque no sabía llevar la lengua al paladar y dejar que los pulmones expelieran un soplo o si era que sufría de algún entumecimiento en la lengua. Ni mucho menos si se negaba a hacerlo porque pensaba que el siseo era alguna manifestación pecaminosa del habla humana. Lo cierto es que articulaba varios fonemas como si fueran zetas españolas. Eso no le quitaba que hablara de manera imparable, mayormente sobre asuntos de importancia circunstancial. Se retorcía de sorpresa ante cualquier declaración insulsa, llevándose la palma izquierda al cachete. *Ay Dioz mío*, decía.

Hacía años que Minerva vivía del gobierno. Los cheques llegaban puntualmente al final de cada mes, así como los cupones que canjeaba por alimentos para sí misma, para su niña y para el cónyuge, que en los papeles no existía. Le dijo a la trabajadora social que su marido desapareció desde el día en que nació su niña, y ganó más dinero sin hacer nada que lo que hacía cuando cosía forros para almohadas.

Minerva se llevó a Graciela por los distritos comerciales. Entraban de tienda en tienda, a ver si había trabajo, y durante esos recorridos Minerva aprovechaba para impartirle las instrucciones básicas para sobrevivir en Nueva York. Le explicó a Graciela la diferencia entre *uptown* y *downtown*, los substitutos de Manhattan para las coordenadas norte y sur, y le resumió de gratis sus impresiones —mayormente equivocadas— de los demás condados neoyorquinos. El Bronx era una tierra de nadie más al norte. Brooklyn era donde vivían los morenos. Queens estaba lleno de cementerios. Staten Island era como si no existiera.

Juntas, exploraron las zonas comerciales de Delancey, Broadway, la Catorce, la Treintaicuatro y la Cuarentaidós, el punto más alto de Manhattan al que llegaba Minerva — porque decía que entre esas calles había todo lo necesario para vivir.

Aunque Minerva prefería los buses, instruyó a Graciela sobre la etiqueta necesaria para usar el sistema de trenes. Le dijo que nunca se parara en las orillas de las plataformas, porque había locos que empujaban gente a los rieles. Había que cuidarse de los desamparados, porque eran ladrones. No se podía mirar a la gente a los ojos, aunque uno estuviera sentado frente a ellos en cualquier vagón, porque salían con alguna grosería. Le explicó el lío de las diferentes líneas de tren con sus paradas expresas y locales. Además, Minerva le enseñó a excusarse y a dar las gracias en inglés, porque a los gringos le gustaba eso, y con *I'm sorry* y *Excuse me* se les compraba. Ese era, por lo menos, el Nueva York que Minerva habitaba.

Anduvieron casi todas las factorías de LaFayette y Broadway, hasta que unos hasídicos contrataron a Graciela. La entrenaron a bordar a máquina sobre unos cubrecamas. Graciela repetiría los mismos patrones ocho horas al día, sin pensar en nada. Y allí comenzó, sospechosa de sus jefes barbudos, de cabellos ensortijados y ropas mortuorias. Juzgaba que poseían algún secreto de naturaleza sagrada.

***

A diferencia de su hermana, Rogelio articulaba todos los fonemas, pero muchas veces no se entendía lo que decía porque hablaba demasiado rápido. Cuando se excitaba con algún tema gagueaba y expresaba sus opiniones de manera brusca, aunque solamente lo hacía por impresionar. Si alguien lo contradecía, inmediatamente cambiaba de opinión y terminaba los pensamientos de sus congéneres para expresar que estaba de acuerdo con ellos. Aquel deseo de moldearse al carácter de los demás hacía que descontaran lo que decía. Él se movía, sin darse cuenta, de una opinión a la otra, para expresar enérgicamente cómo estaba de acuerdo con todo.

Rogelio tenía sus particularidades, sobre todo con la comida. Quería los mismos alimentos todos los días y más o menos a la misma hora. No le gustaban el arroz pegoteado ni las habichuelas aguadas y mucho menos la carne grasosa. Le pedía a Graciela que cocinara el arroz bien graneado y que sus habichuelas contuvieran el agua y condimentos suficientes para que fueran cremosas. Quería la carne de vaca sin huesos, salada y asada hasta que obtuviera un color oscuro. A los muslos de pollo, que eran la única parte del animal que consumía, había que quitarles todos los cueros. Además, tenía un vicio. Fumaba al levantarse y después de la cena.

Todas las mañanas se despertaba a la siete y cuarentaitrés de la mañana sin necesidad del reloj. Su cerebro enviaba una descarga nerviosa por las redes de la espalda, sacándolo del estupor para que tomara su primera dosis de intoxicación. Al abrir los ojos, Rogelio se esforzaba en recordar quién era y en qué episodio de la vida se encontraba cuando se lo tragó la noche anterior. Su amnesia no se debía a algún estado de relajación, sino que al abrirse las puertas del nuevo día todos los pensamientos salían de golpe y se atascaban en el punto divisorio entre la fantasía y la realidad. El humo, extraído y soplado, que inhalaba sentado sobre la taza del inodoro, atolondraba algunas ideas y le dejaba el intelecto necesario para saber que ese día simplemente haría lo mismo que todos los días.

Afuera, Nueva York era la misma. Se le oía como un gran murmullo, a veces como un soplo que rugía y otras como el aullido lejano de un animal hambriento. Pero era un algo anónimo; vibración nada más.

Aunque el cigarrillo lo despertaba, los ojos saltarines de Rogelio lo mostraban en continuo desvelo. Tal vez por eso, Graciela le daba más café de lo conveniente antes de que se vistiera para trabajar. Ambos salían a las ocho y media de la mañana. Ella iba hacia el oeste, contrapuesta a la tibieza del sol. Rogelio caminaba hacia el norte y se internaba en las calles espesas hacia la parte más céntrica de Manhattan. Se despedían en el vestíbulo del edificio y se unían al chorro de cuerpos que desfilaban casi en formación hacia el inicio de sus labores. Un, dos; un, dos; un, dos. Cada cual iba también por los senderos de sus pensamientos, a veces sin darse cuenta de la realidad compartida.

Rogelio vivía bien en ese mundo. En el trabajo botaba las sobras que quedaban en los platos. Los enjuagaba y restregaba uno por uno, mientras viajaba por la superficie de los pensamientos. Su sueño era hacerse rico, pero no trabajando. Se veía con la boleta premiada de la lotería, quizás por un millón o más. Iría a la agencia de viajes y compraría boletos de ida para él y Graciela, para su hermana, para el cuñado, para su sobrina. Le repartiría una buena suma a cada uno y con lo que quedara compraría un terreno grande y construiría una casa con muchos cuartos, para recibir a familiares y amigos y tener muchos hijos.

El chorro de agua, insistente y disparejo, lo sacaba por ratos de sus pensamientos. Contaba el número de platos que quedaban por lavar, miraba la hora y volvía a perderse en sí mismo. Solamente cuando llegaba el segundo lavaplatos, un par de horas antes de que apareciera la clientela que salía de sus trabajos, salía Rogelio de su divagar. Su compañero de oficio era un hombre de brazos largos y rostro enjuto que tenía demasiados cartílagos en las orejas. Sus oídos parecían dos pedazos de carne chamuscada que alguien pegó a ambos lados de la cara; sus lóbulos auriculares dos tajos replegados que pendían suspensos.

Rodríguez, le decían.

Era un hombre de costa que en su juventud se dedicó a la pesca de mariscos. Conocía las distintas especies de crustáceos y moluscos que se daban en las aguas tibias, batiéndose bajo el calor implacable del trópico. Entonces, se guiaba por un sexto, séptimo u octavo sentido entre los recovecos del agua dulce donde las peñas ocultaban a los animales de mejores cachos. Vivió de los tegumentos crujientes de cangrejos y langostas y de la blandura resbalosa de los ostiones y otras mucosidades marinas, hasta que el aumento de la competencia mermó las ganancias. Su conocimiento de caparazones y la ligereza de sus dedos para escurrirse entre las tenazas

dentadas de los cangrejos le servían de poco en el fregadero del restaurante italiano.

Con él, Rogelio compartió su otro sueño, un deseo
de paternidad que él figuraba como un paso necesario
hacia la dicha. Rodríguez le preguntó por qué quería tener hijos. Rogelio, por primera vez, consideró esa pregunta. No lo sabía. Pero de todas maneras contestó lo
que se esperaba, que los niños eran la alegría de una casa. El otro le dijo que en el mar algunos animales se co-
men a sus crías. Rogelio, horrorizado, aseguró que daría
la vida por una criatura suya.

—Quiéralo o no, uno da la vida — le dijo Rodríguez.

***

Vista desde adentro, Nueva York era un desorden de
formas geométricas y calles estrechas que no llevaban a
ningún lugar en particular. El paisaje era una sucesión de
siluetas marrones, grisáceas y oscuras que se resistían a
armonizar entre sí. Cada forma, cada muro, cada acera,
cada letrero, cada edificio, reclamaba su individualidad y
la pregonaba al mundo. Nueva York, más que todo, era
en sí misma un mundo de muchos niveles que se habitaba sin estar consciente de ello. Las calles no eran más
que eso, líneas uniformes de espacio común por las que
iba y venía la gente, indiferente a sí misma. Se dividían
en avenidas, bulevares, lugares, caminos, callejones,
plazas, vías, carreteras. En los distritos comerciales se
desparramaban como canales de asfalto, perfectamente

delineados para mover cuerpos de este a oeste, de norte a sur, y viceversa. En sus orillas las encausaban bordillos, fortalecidos en las esquinas con armaduras de acero, curveadas sin compasión por las maquinarias de los herreros modernos para disminuir el deterioro del tiempo. Las calles de doble vía estaban rebanadas medio a medio por dos rayas amarillas, designándolas como conductos de ida y vuelta, igual que la vida. Las rayas blancas eran guías, a veces concisas y a veces intermitentes, para compartir el espacio con otros que iban en la misma dirección, o para marcar los espacios de los transeúntes apurados, que se desmontaban de la seguridad de las aceras con cada cambio de luz.

A ambos lados, las cunetas canalizaban desechos, empujados a los márgenes por las ruedas de los carros y los pies de las gentes, y recogían los líquidos que navegaban perdidos por las superficies impermeables, antes de hundirse entre el reino subterráneo de las cloacas. A las calles más transitadas todas las mañanas las recorrían vehículos barredores, rozándoles con sus escobillas circulares y de largas briznas sintéticas. En las zonas residenciales ese agitar del polvo urbano, que sustituía al aseo, se daba una o dos veces por semana. A la vez, un ejército de hombres blancos, marrones y negros salía con el alba, vistiendo mamelucos anaranjados y botas con aislamiento, y recogían una por una las bolsas negras que contenían la podredumbre de la ciudad. Vaciaban también los canastos de desecho público que se rebozaban de desperdicio, y cargaban los muebles y útiles descartados frente a los edificios. Todo iba a los vientres de camiones que comprimían y masticaban la basura, convirtiéndola en una masa compacta, húmeda y maloliente. La carga se regaba por los predios de la urbe, y viajaba también a otras regiones menos pobladas, donde en ocasiones se le enterraba, en otras se trituraba, hasta volverse un polvo, y en otras se calcinaba. Otros depósitos eran montañas de basura que cubiertas por capas de tierra y grama engañaban la vista. Por las aguas negras y los ríos de desperdicios industriales se iba el resto de la mierda líquida que expelía Nueva York. Las aceras eran porosas y duras, a veces grises, en otras ocasiones pardas, pero mayormente eran una mezcla petrificada y brillosa de arena, cal, argamasa, cemento y piedrecitas brillosas que no se sumían en un simple color. Se extendían por todas las calles, llenando el paisaje de su aridez y eficiencia, e interrumpiéndose a veces para el surgimiento de un tallo de dudoso verdor, permitido más por fines estéticos que prácticos.

3

El traje de bodas lo conformaban encajes, minuciosamente entrelazados como las redes del destino. Aunque no lo diseñaron expresamente para ella, ni se le concedió permiso para hacer alteraciones a la costura original, el vestido largo se ajustó al cuerpo esbelto de Graciela. A diferencia de las damas que lo portaron antes para deslumbrar a la alta sociedad de Santiago de los Caballeros, ella no tuvo que someterse a algún régimen de dieta y ejercicios para entrar forzosamente en su simetría europea, concebida un siglo atrás para una mujer de mentalidad aristocrática y envoltura cadavérica.

Sus tejidos, elaborados a mano, se empataban en patrones diamantinos, formados por hilos engañosos que reflejaban las desviaciones de la claridad. En el centro de algunos de esos retículos pendían perlas de formas ovaladas, como las de los aretes dorados que acentuaban el conjunto. Los zapatos, blancos, que imitaban los hiladillos, permanecían limpios, rescatados del ataúd del olvido. Eran la obra de un diseñador que ya se había perdido en el polvo de la eternidad.

El vestuario constituía una reliquia que transmitía, de tatarabuela a abuela, de abuela a madre, de madre a hija y, en última instancia, de hija a criada, la promesa de una fantasía.

La señora Carla de Mendoza decidió conferirle a Graciela el honor de portarlo antes de que ella anunciara intención de boda o siquiera amoríos. La idea le inundó el cerebro como una unción de bondad cuando la muchacha le llevó el desayuno a la cama una mañana en que estaba indispuesta.

Carla, perdida en las numerosas opciones de su riqueza, fingía que dormía, buscando en su mente algún significado ulterior, alguna razón para abrir los ojos ese día. Graciela entró a su cuarto con los huevos revueltos y plátanos salcochados. La señora sintió sus pasos cuidadosos, que se dirigían con el desayuno a la mesita de noche. Recibió la tibieza de su piel pobre, de palmas enternecidas por el sudor, cuando Graciela palpó su frente para detectar si acaso tenía fiebre. Carla se movió, como si despertara. La criada miró silenciosa, regulando su respiración, y una onda de calor se movió por el cuerpo de la patrona cuando Graciela, entonces una adolescente, cubrió con cuidado las partes desarropadas de su cuerpo. Al abrir los ojos, desde el aislamiento voluntario de su recámara y mente, Carla concluyó que aquella niña de trenzas largas y castañas, cual hebras de caoba, era la hija que siempre quiso. Su Dios, que había sido bondadoso en los demás sentidos, solo le dio varones, una, dos, tres, cuatro veces, hasta que los ovarios perdieron el deseo de frutar. Esa niña, rescatada de la indigencia, era para ella un regalo del cielo.

Esa misma tarde la mandó llamar. Cuando Graciela entró a la recámara, con las manos humedecidas por algún oficio de cocina, la patrona tenía el vestido desplegado sobre la cama.

—Es para ti —le dijo la señora—. No tienes que darme las gracias. Te lo pondrás el día de tu boda, como yo me lo puse; como se lo puso mi madre.

El rostro transparente de Graciela dibujó una mezcla de asombro y preocupación. No sabría cómo lavar o planchar un vestido tan translúcido.

Graciela, que en principio no estimó del todo la grandeza de aquel gesto, conocería al que sería su prometido un par de años después. Era uno de los fines de semana en que dejaba los oficios para regresar a Damajagua Adentro. Subía la cuesta que daba a la casa cuando alcanzó a ver a Rogelio Pérez embebiendo el humo azuloso de un cigarrillo.

Su vista se fue a la silueta flaca de su padre, Plinio Espinal, que por su semblante delataba el placer que sacaba de su afición por la fumada. A los lados de sus sienes anchas se notaban, más que antes, las ramas secas del pelo canoso. Su cara era como el relieve de un terreno con muchos senderos, recorridos ya varias veces. Sus huesos largos se retraían, como los tallos de las plantas que quedan machucadas por la insistencia del sol. Pero el paso de los años se desplazaba en un instante ante la simplicidad de su sonrisa, tan vigorosa como la que ella atesoraba en algún lugar de sí misma.

Tan pronto él la alcanzó a ver abrió los brazos, transmitiendo en la distancia un abrazo inmaterial que abarcaba todo lo existente. Llamó a Ramona a gritos y salieron unos segundos después los dos hermanos menores, descamisados y con las manos tiznadas de carbón. Los cuatro estaban mezclados en un abrazo cuando Ramona se asomó a la puerta, con el rostro impregnado por el rocío de su propio sudor.

Cuando su mamá la abrazaba, Graciela devolvió su mirada al extraño que la examinaba desde lejos con fingido desapego. Plinio lo presentó, explicando que era el hijo de un aserrador que él conoció en sus excursiones por la sierra y que él lo invitó a cenar, por coincidencia, esa noche. Rogelio estrechó la mano de Graciela y la apretó, hasta sentir su consistencia cremosa. Ella se apresuró hacia adentro en busca de los otros, pero no se encontraban. A esas horas las muchachas ayudaban a una tía con un encargo de ropa de lavar y Antonio, el mayor de los varones, sembraba habichuelas con su padrino.

No fue hasta que Graciela soltó sus músculos sobre el espaldar de una silla, gustando un sorbo de café, que ella aceptó la plausibilidad de un pensamiento. Rogelio estaba ahí para verla a ella. Ese conocimiento la condicionó a calcular cada movimiento. No era la primera vez que alguien se interesaba en ella. La miraban muchos hombres y otros visitaban sin expresar intenciones. Pero era la primera vez que alguien la pretendería de manera formal y con la desesperación que ella juzgó en aquel apretón de manos. Pensó que sería más lamentable que alguien se fijara en ella y al conocerla perdiera el interés que pasar desapercibida desde un principio.

Esa noche, después de tragarse unas batatas asadas que Rogelio había llevado de obsequio, todos se quedaron en la pequeña sala de la casa de dos piezas. Solamente Ramona iba y venía de la cocina, que era una enramada en el patio oscuro. Carmela y Justina estaban en cuclillas, restregando las pailas, platos, jarros y cucharas, y Antonio le contaba a Plinio de la desyerbada de ese día, igual de trabajosa que todos los días. A Graciela no le quedó otra opción que ocupar la silla desamparada al lado de Rogelio, que sonreía dentro de sus zapatos brillosos cada vez que cruzaban miradas.

Hostigado por unos minutos de silencio, Rogelio conversó, pero cuando lo hizo sus temas fueron los caballos que su papá tenía y el proceso anual de aparejarlos con yeguas de pura sangre. Fue ella quien le interrogó sobre sus prospectos de vida. Las respuestas fueron típicas de un hombre como él, que entendía por futuro el plazo para obtener las cosas que deseaba en ese momento. Quería una casa, algunos ahorros, y, si la vida le sonreía, un potrero repleto de caballar.

Para lograrlo, seguiría los pasos de su padre más allá del mar, en esa ciudad que llamaban Nueva York. La alternativa era quedarse a tumbar árboles o sembrar tubérculos, y todos sabían que esa lucha contra la tierra apenas daba para comer. Los papeles estaban en proceso y Rogelio buscaba antes la dicha casera. Sin expresar su intención hacia ella, dijo que quería un hogar. Lo que de verdad quería decirle era que ella era todo lo que él soñaba.

La zalamería que repolló entre Graciela y Rogelio fue una cosa asquerosa. Se veían una vez al mes durante el fin de semana habitual en que ella descansaba de sus oficios y parecía que luchaban por compensar en esas horas todas las tardes perdidas. Después de la cena, arrimaban dos sillas y se sentaban casi uno encima del otro a lamerse detrás de las orejas, a darse mordiscos por el cuello y a sobarse las manos, los brazos, o cualquier otro centímetro de piel que alcanzaran a disimular. Cuando Rogelio se marchaba en caballo, al terminar la noche del sábado, llevaba la camisa desabotonada y el pecho ampollado. No respetaban ni siquiera los domingos en que Rogelio regresaba y acompañaba la familia a misa. Le daba su caballo a Ramona, para que ella se fuera adelante y él pudiera tocarle las nalgas y las tetas a su hija. Hasta en la fila de la eucaristía, donde él la seguía a corta distancia, se les vio muy cercanos para el gusto público. Erasmo y Tobías, los dos más pequeños, se llenaron la vista muchas veces con el espectáculo. Eran los únicos que espiaban los momentos en que Graciela, aprovechando distracciones, metía la mano en la braqueta de Rogelio para palpar la longitud y espesor de sus dotes.

Fue Carmela quien los confrontó. Se enojó porque entre los bejucos y los riscos se rumoraba el asunto y hubo más que un comentario retorcido que resbaló por las piedras entre las mujeres del arroyo. La molestia que eso le causaba a Carmela se le humedeció adentro, hasta que echó musgos y se pudrió. Uno de esos sábados cualquiera dejó los trastes que lavaba en el patio e irrumpió en la sala. Los encontró, como de costumbre, succionándose las glándulas salivares. Carmela armó una gritería indefinida sobre las ollas que faltaban por fregar, el patio que estaba sin barrer, el anafe al que le faltaba carbón y la ropa que seguía tendida a esa hora de la tarde. Cuando los novios la miraron desorientados añadió otra queja. Les dijo, en pocas palabras, que parecían dos perros oliéndose las entrepiernas.

4

A Plinio le cogió la noche para salir de la loma. Seguiría la orilla del Río Bao, hasta encontrar un claro que le llevaría a una vereda, que subía por la ladera y, recortando camino, terminaba en la llanura desde la que se veía el valle próximo a su casa. Al verla, inclinada por la presión de la ladera, sentiría que estaba a salvo.

La construyó con la ayuda de sus tres hermanos en la vertiente de un cerro que era tierra baldía, hasta que Plinio lo cercó para ese fin. Escogió el lugar unos quince años atrás, cuando todavía inmaduro llegó a parar a ese lado de la loma buscando a un becerro que se le perdió a su papá. Encontró al animal comiendo yerba en la sombra de una mata de aguacate que, sin importarle mucho la soledad, dominaba la pradera. De seguro era descendiente de otros árboles similares que se alcanzaban a ver más arriba. Probablemente llegó a parar allí cuando la tormenta arrancó su fruta y la hizo rodar, cuesta abajo, con la corriente de la lluvia, hasta que el llano la detuvo, quizás incrustada en el orificio que dejó la pezuña de algún animal en tránsito.

Si en principio sus raíces fueron tenues ya no se notaba, porque las ganas de vivir hicieron que se abrazara a la tierra. Se dispersó en todas direcciones y terminó, al fin, como la planta reina de ese lugar, en cuya sombra pastaban animales errantes y donde por ventura crecía un panal de abejas. Entre su corona residían las ramas enroscadas que conformaban un nido de tórtolas.

Aquel lugar era un corredor del viento, de las dos corrientes que chocaban, desde el valle y desde arriba y, a veces, hacían remolinos de un polvo fino, diluido hasta la nada por la paciencia de los siglos. Allí, sin saber por qué, el Plinio de entonces decidió que construiría su casa.

Había salido con un compañero este otro día, desde antes que naciera la mañana, a andar el trayecto de más o menos una hora que culminaba en una zona aquietada por la hostilidad de los zancudos y la esterilidad de sus entrañas. Se juntaron con otros hombres de cerebros aturdidos por los silbidos de muchos pájaros y se abrieron paso a fuerza de hachazos, aunque Plinio sentía que no se movían del mismo lugar. La tenacidad de la floresta hizo posible que pasaran el mediodía, la tarde y el primer extremo del crepúsculo tumbando y deshojando troncos sin hacerle mucha merma al bosque. Los cuerpos inertes de varios árboles quedaron regados entre la vegetación que se alzaba hasta la cintura, pero el monte era tan verde que daba la impresión de crecer y dar frutos ante la vista, en pleno desafío de la tolerancia humana.

Terminaron cansados, extenuados del coito con la naturaleza. Plinio fue el único que regresó a casa, ignorando las advertencias de sus compañeros y rechazando la hospitalidad de otro campesino que vivía más cerca y alojaría al grupo. Ni siquiera la oferta de una sopa de gallina, que el anfitrión sacrificaría para celebrar el inicio de las labores, lo detuvo. Plinio dudó cuando le dijeron que solamente quedaba un hacho de cuaba para atravesar la noche sin luna, pero una fuerza sorda le atormentaba la cabeza, llevándole hacia aquel hogar.

La discusión del río con las piedras, con las orillas y los palos secos que arrastraba se hizo más patente a medida que Plinio escalaba por sus lados sin la compañía de los demás, sintiendo que por más que se apresuraba más descendía la noche como un velo impenetrable que se tragaba las mismas aguas y sus porfías. Lo que le preocupaba, por lo menos en ese instante, era llegar al cruce, una zona más elevada en que las piedras dispersaban la corriente lo suficiente como para que se atravesara el cauce a pie, con el río hasta las caderas. Al otro lado le esperaba un espacio sin árboles, que se extendía unos seiscientos cincuenta metros bajo la redondez del cielo antes de chocar con la espesura de otros tallos, llenos de enredaderas y musgos.

No bien sentía Plinio que se aventajaba, presionando sus suelas de goma gastada sobre las costillas de algunas pequeñas plantas silvestres, cayeron gotas que se resbalaban desde los techos de las plantas hasta los poros de la tierra, desbaratándose en su oscuridad pegajosa. La llovizna se volvió aguacero mientras él cruzaba por entre las hojas rajadas de unos platanales, que aleteaban con la brisa sin deseos de doblarse.

Era muy tarde para devolverse y el último rayo azuloso se lo tragó el mundo a sus espaldas como si nunca hubiera existido. La sordez que antes le inquietaba se convirtió en un zumbido insistente, como el que se sentía al darle el último hachazo a un cedro, oír su tronco partirse y ver sus ramas hamaquearse en el viento como si tuvieran alguna esperanza de vida. Después seguía el golpe seco contra la enormidad de la tierra.

Plinio detuvo sus pasos un instante, extendió su brazo derecho en frente y, abriendo la palma de la mano, notó que apenas veía los contornos pálidos de sus dedos largos y temblorosos. Siguió varios pasos más hasta que el camino se le perdió bajo los pies y quedaban solamente los sonidos, de las hojas golpeadas a la vez por la brisa y la lluvia, y de sus propios pies hundiéndose en el fango. El río era una fuerza eléctrica, mas no exactamente una presencia sonora como lo había sido en los minutos de la eternidad que acababa de perderse para siempre.

Plinio ya no evitó la sensación de que él mismo se confundía con el bosque. Sacó la cajetilla de fósforos que cargaba en el bolsillo derecho y prendió un cigarrillo, esquivando las gotas prodigiosas que se estrellaban temerariamente contra su cuerpo.

Sacó el pedazo de cuaba de su bolsillo y trató de encenderlo con el pitillo, pero la lluvia no lo dejaba. Usó el penúltimo fósforo hasta que una llamita azul se metió en las fibras de la madera y se sostuvo. La lluvia cedió en ese mismo momento, con la misma rapidez con que empezó antes, pero la opacidad de la noche quedó establecida. Solamente el arco de luz que se desprendía de la llamarada que llevaba, y que lo cegaba con su resplandor, se abría paso, camino abajo.

Plinio se quitó los zapatos y palpó el fango cremoso con la totalidad de sus plantas poco antes de meterse al río. La corriente, que tal y como la impenetrabilidad del cielo se veía más negra que la misma noche, era tibia, igual que si el sol del mediodía la castigara hasta la evaporación. Dio unos pasos tímidos, hundiéndose entre la corriente a la vez que balanceaba su cuerpo contra las fuerzas de sus aguas y las piedras resbalosas que descansaban en el fondo.

Cuando casi llegaba a la otra orilla se apagó la cuaba y la negrura del universo inundó el vacío que quedó. Plinio trató inútilmente de encender el hacho esponjoso con el cigarrillo. El fósforo que quedaba se había mojado en el río. Se calzó y siguió caminando.

Sus pupilas iban abiertas, como las de la muerte, buscando cualquier resquicio de luz para agarrarse a él y recrear el mundo de las formas. Se dio cuenta de que estaba en la llanura vacía. Era como un templo abierto donde se rendía culto implícito a la sierra. Antes de que pensara sintió el golpe que, tras sacudir su esqueleto, lo llevó instintivamente a extender sus manos y caer de rodillas sobre un charco. El peso de un cuerpo, pesado y flácido, lo oprimía hasta que cayó de bruces y sin aliento. Iba a sacar lo que quedaba de aire en sus pulmones para preguntar quién era, cuando la presencia corpulenta se deshizo. Todavía sin temor, pero sí sobresaltado, pudo incorporarse y miró hacia atrás, hacia los lados, sin llegar a ver más que las sombras deformes de los árboles lejanos, el cielo sin estrellas y el trazo insignificante de sus últimos pasos.

Plinio apuró el paso y sintió miedo cuando se terminaba el claro del bosque para dar solamente espacio a una vereda resbalosa que iba cuesta arriba entre ramas torcidas y cadillos parásitos. Empezó a subir, recorriendo más las sendas de su memoria que el trecho invisible. Empujaba unas ramas con el antebrazo cuando el cuerpo arenoso volvió a caerle encima, doblándole la espalda. Plinio sintió esos respiros tibios en el cuello y los brazos que se atenazaban a sus hombros y las piernas que colgaban como si no tuvieran vida.

Esa vez preguntó quién era y nadie le respondió, pero el peso era como de dos o tres hombres apiñados en un solo cuerpo. Empezó a lloviznar y la figura se resbaló de su cuerpo igual que si se la tragara la tierra.

Plinio no miró hacia atrás.

El miedo hizo que escalara de manera desesperada, hasta que salió de entre la vegetación y se encontró con otro aguacero torrencial. Ya no tanto la noche implacable sino el chorreo incesante de cientos de miles de gotas le impidieron ver el valle hacia el que se dirigía, aunque él bien sabía su ubicación. Cuando relampagueó, el cielo se partió en varios pedazos a la distancia, pero la superficie de la tierra no estaba. En su lugar vislumbró el tejido espumoso del agua efervescente, como el único horizonte que sus ojos alcanzaban.

Tan solo dio unos cinco o seis pasos en esa dirección cuando el verdugo lo revolcó por el piso hasta que quedó recostado de lado, con la mejilla derecha en el lodo. Tirado allí, vio a unos pasos el caminar lento de una jicotea. Como tenía un brazo libre, lo lanzó hacia atrás. Quería agarrar a la criatura que lo molestaba y sintió una masa de piel deforme que se desplomaba otra vez sobre su cuerpo. El peso cedió y él volvió a levantarse, deteniéndose para ponerse el zapato que se le salió con la última embestida.

Otro relámpago se esparció a sus espaldas y Plinio aprovechó la reverberación celestial para descubrirse solo en el llano.

Subiendo la vereda que cercaba la loma, llevándole hasta su casa, Plinio cayó otra vez.

Sintió la presión iracunda de dos manos que le apretaban la garganta. Hasta entonces se le ocurrió rezar y, repitiendo en su mente los versos aprendidos, ni siquiera se dio cuenta de cuándo la lluvia paró ni de cómo se esfumó la entidad desconocida. Recorrió el último trecho sin más incidente y se asomó a la puerta esparrancada de su casucha, chorreando todavía el miedo.

5

Para cuando Graciela se casó, después de cuatro años de amoríos impúdicos, los Espinal no vivían en la ladera desde la que se acostumbraron a ver la vida como un terreno irregular y torcido. Se caminaba por ella con cuidado, plantando bien los pasos y tirando el cuerpo hacia el lado opuesto de la vertiente, que se cruzaba a sabiendas del riesgo de despeñarse. A varias de esas caídas vertiginosas que se daban allí les achacó Ramona el carácter impulsivo de Carmela.

El primer golpe vino a poco más de tres meses cumplidos, cuando su cuerpecito giró de manera prematura y se estrelló desde la cama hasta el piso de tierra machacada. Ramona oyó los gritos que se derrumbaron igual que los peñones por la cuesta que bajaba al arroyo. Lavaba unos pañales con la otra niña a cuestas y decidió ignorar los lloros, porque desde que nació Carmela fue propensa a chirriar más de la cuenta.

Era una niña que más que ternura despertaba extrañeza. Carecía cualquier tinte notable en la piel y tenía el pelo demasiado negro y alborotado. Jamás se reía, y a cambio de cualquier gracia pasajera devolvía una mirada sobria.

No le interesaba el mundo. La partera hasta se equivocó cuando la levantó por un brazo y no sintió en ella el nerviosismo de la vida, declarándola aborto espontáneo. Sólo al envolver el cuerpo blando en unas sábanas viejas, sin esforzarse en limpiar la mucosidad que barnizaba su piel gelatinosa, se oyeron unos espasmos nasales que empezaron como ronquidos y terminaron como alaridos imparables. La partera achinó los ojos y auscultó a la criatura, como si le buscara algún apéndice de anormalidad. Al no encontrarlo, la pronunció viva.

—No creo que dure mucho — enunció, antes de ponérsela en los brazos a Ramona.

Según dijo, todos los nacidos que mostraban ese inicio letárgico y aquella respiración dificultosa morían en los primeros meses de vida. Ordenó que la bautizaran de inmediato.

Carmela, quien heredó el nombre de la abuela materna que murió de parto, no sólo sobrevivió los primeros meses, alcanzando a un bautizo apresurado después de unos días, sino que lo hizo desbaratando las horas de sueños de sus padres y solicitando atención a todas horas. Sus hermanos, Graciela y Antonio, la apadrinaron, a falta de hombres y mujeres cercanos durante la época de aserrar.

Fue después de la caída del tercer mes que Ramona se tomó a la niña en serio, como un ser vivo que llegó para quedarse. Al cabo de unos veinte minutos del golpe la encontró de cara al suelo, todavía estremeciendo los setos con sus gritos. Tenía un golpe en la frente que el limón con sal no redujo. La marca se disolvió poco a poco, pero no sin dejarle la frente asimétrica.

A parte de otros traumas que sufrió, cuando se le desplomó de los brazos a Antonio unos meses después, o cuando al año la picó un alacrán y pataleó por todo el piso en un ataque de dolor, el incidente que Ramona marcó como la causa de sus trastornos sucedió cuando

Carmela tenía poco más de un año. Plinio se afeitaba en el pequeño patio de la casa, donde el cerro se aplanaba por un rato, para dar paso al barranco. Carmela, que apenas caminaba, salió a jugar con la tierra mientras él enjuagaba una y otra vez su navaja plateada. Estaba raspándose los pelos de las quijadas cuando la niña se puso de pie y fue al estrecho sendero que conducía al arroyo. Sus piecitos falsearon y rodó cerro abajo sin siquiera gritar.

Antonio vociferó hacia el vacío celeste lo que pasaba, mientras él mismo se despeñaba detrás de ella. Ramona salió a tiempo para verla cuando traspasó unas hiedras venenosas y se derrumbó por entre unas hojas secas hasta donde estaban los espinales. Al llegar abajo, Ramona y Plinio encontraron a Antonio desenredándola de entre los tallos ensangrentados de las rosas salvajes. "Ya, ya, chichí, ya, ya", le decía, "mira las rosas qué bonitas, ya pasó, ya pasó".

Plinio usó la misma navaja de afeitar, que volvió a enjuagar en un agua espumosa, para desencarnar espinas sembradas en los muslos y la barriga de la niña. Una de las púas no salió del todo y se convirtió con los años en un lunar distintivo, sobre la batata del brazo derecho.

Igual que todos, Carmela creció con una buena porción de responsabilidades domésticas. Cuando no había escuela, que era casi todo el día, tenía que barrer, buscar agua del arroyo, pelar y amasar yucas, picar cuaba, desgranar tusas, lavar ropa y fregar los pocos trastes del café y los almuerzos. Ramona se iba también a echar días y dejaba a las muchachas encargadas de la casa.

Desde que Ramona desaparecía entre los bejucos, Carmela se iba por los montes a retozar. Se subía a árboles ajenos a tumbar mangos, guanábanas y cajuiles. Ramona la encontraba a veces en el patio, con las labores a medio hacer, y la llevaba de la oreja izquierda hasta la casa, donde le ordenaba que buscara la soguita que colgaba de la letrina. Con esa misma cuerda, le pegaba.

Esa rebeldía, aparentemente involuntaria, marcó la personalidad y destino de Carmela.

Cuando varios años después Graciela buscó a Antonio para que trabajara en la misma casa donde a ella la empleaban, Carmela insistió en que iría también, y contra la voluntad de todos preparó una bolsa con su ropa, se despidió, los siguió en el camino, y a Plinio no le quedó más opción que pagarle el pasaje de ida a la ciudad de Santiago.

Cuando los Mendoza vieron que Graciela regresó con dos hermanos en vez de uno sospecharon que la familia se apoyaba en ellos y dijeron que tendrían que regresar. Carmela asumió toda la culpa. Les dijo que fue ella que insistió en irse del campo, simplemente porque estaba cansada de pasar hambre.

El doctor Ariel Mendoza la llevó en su vehículo de asientos acolchonados a la casa de una paciente, que había perdido a su muchacha de servicio. La señora Gabriela de Toscano la estudió con los ojos. Aunque le agradó su tez blanca, como la de su familia por varias generaciones, el primer comentario que salió de sus labios retorcidos fue que cómo se le ocurrió ir a la ciudad en semejantes fachas, con una falda diluida de tanto estregarse y en unas chancletas rojas.

Carmela no contestó, pero el vacío lo llenó una voz acatarrada que se oyó desde las escalinatas que daban al segundo piso. El comerciante Luis Toscano saludaba al doctor mientras bajaba a pasos lentos, sin más vestimenta que una toalla playera. Le preguntó a Carmela si cocinaba bien y, ante su respuesta afirmativa, le dijo que la contrataba.

Esa misma tarde Carmela frio un par de huevos y los devoró con unos panes, usando el pretexto de que debía aprender dónde estaban los utensilios de cocina y cómo funcionaba la estufa. La mañana siguiente, mientras sus patrones desayunaban unas papas salcochadas con trozos de jamón, Carmela se enteró de que eran gente de otra tierra, que huyeron con los bienes que pudieron para empezar de nuevo en un lugar que se les parecía. En las siguientes semanas aprendería que el tema del escape siempre surgía a la hora del desayuno, junto a algunas memorias de las sombras que daban ciertas palmeras en las playas de Varadero.

Luis Toscano era dueño de un almacén de comestibles en pleno centro de Santiago y tenía una marca de embutidos que ya casi se vendía en la mitad del país. El hijo de la pareja, un joven de veintitantos años que se llamaba Casiano, era un estudiante de artes plásticas que, gracias a las conexiones de su padre, estaba de aprendiz con uno de los pintores más reconocidos en todo el archipiélago antillano. La señora se pasaba horas planificando eventos para el Club Rotario y explicándole al jardinero cómo mojar las plantas y dónde mover los tarros que ella cambiaba de posiciones cada mes.

Carmela se enteró de la vocación del hijo una tarde calurosa en que él mismo le tocó la puerta de su cuarto y, sin saludarla siquiera, le miró el cuerpo con ojos sonámbulos. Antes de que ella le preguntara qué quería, él le pidió que se desnudara para él. Lo oyó que explicaba, mientras ella le cerraba la puerta en las narices, que solamente la quería de modelo para un cuadro religioso. Carmela pensó que era tan arrebatado como su pretendiente campesino de esos días.

El presunto enamorado que la visitaba era un tipo flaco que se apareció con Rogelio a la casa de los Espinal una tarde de fin de semana, vistiendo una camisa demasiado floreada para el gusto masculino. Se llamaba Martín y era primo de Rogelio. A los veinticuatro años, según se enteraron sus hermanas, no se le conocía novia. Rogelio lo llevó a ver si él se interesaba en Justina, que era más joven y apacible, pero quien le atrajo fue Carmela. Durante su primera visita Martín aprovechó a que Carmela saliera al patio a tender ropa para seguirla. Le dijo dos o tres palabras con su voz de chicharra. Asuntos incoherentes. Y cuando la tuvo cerca le agarró las nalgas sin más preámbulos. De no haber sido porque ella lo tiró al suelo de un puñetazo en la nuca, le hubiera tocado otras cosas también. Nadie se enteró esa vez del incidente, a partir del cual nació entre los dos un forcejeo silencioso que casi confundieron con el afecto.

Cada fin de mes regresaba Martín para recibirla cuando llegara de visita de la ciudad. La acechaba hasta que saliera al tendedero, a la mata de aguacates, o a los lados de la casa, aunque fuera para ir a la letrina. La saludaba otra vez, le preguntaba cómo estaba, pero antes de que ella contestara se le pegaba al cuerpo, poseyéndola con las manos. Ella le ajustaba codazos, trompones, rodillazos, patadas, empujones y mordidas. A veces lo escupía. Él todo lo transmutaba en besos espesos. En abrazos desesperados. Después de unos minutos terminaban más exhaustos que quienes acabaran de fornicar, y al final él se rendía, martirizado por la pasión. Algunos de esos sábados que el cielo se destapaba en lluvias torrenciales y él no llegaba a visitar, Carmela extrañaba el forcejeo.

No era secreto que algo sucedía entre ellos, porque regresaban de sus excursiones con el pelo desgreñado y la ropa desarreglada, y él a veces precisó de ayuda para cerrar las llaves de sus narices sangrantes, aunque nadie se metía en las cosas de dos seres al margen de la normalidad.

Hacía varios meses cuando, harta de tanto preludio, Carmela hizo que la siguiera hasta detrás de la letrina. Se dejó tirar entre la yerba y abrió sus piernas para absorberlo entre sus carnes. Después lo tiró a él a un lado y se le subió encima. Apretó su espalda contra el suelo y, sentándosele encima, se desvistió a voluntad. Tiró la blusa y los sostenes entre las ramas. Liberó unos inmensos senos de pezones rosáceos. No desabotonó la camisa de Martín, de un algodón frágil, sino que se la desbarató encima y le sacó los pantalones a la fuerza, casi arrastrándolo por el suelo. Todo en silencio, como en sus usuales luchas de pasión.

Luego se terminó ella de desnudar: Mostró su honda herida purpúrea y su cuerpo fulguró pálido entre la verdura del monte. Cuando ella le fue encima, él se acobardó. Ella remedió su resistencia golpeándolo en la nariz para que se dejara bajar los pantaloncillos. Entonces vio por qué se tapaba: su miembro deslechado y flaco, estaba muerto.

Lo perdonó, aunque solo después de huir con su ropa para tirarla por el barranco. Ese fue su castigo —los insectos que le picaron y las espinas que se le clavaron cuando se derriscó en busca de los pantaloncillos. Uno de los zapatos nunca lo encontró y esa noche cojeó hasta su casa. Volvió la siguiente semana, y forcejeó otra vez con ella, y le pidió que trataran otra vez, que sí podía, pero ella no quiso. Se besaron nada más.

El incidente que la hizo odiarlo, y que le dio reputación de degenerado por todos los parajes cercanos, sucedió un Domingo de Ramos a eso del mediodía.

Los Espinal regresaban a pie con varias palmas consagradas cuando Erasmo, su hermano menor, divisó la figura de un hombre flaco que husmeaba en el patio. Lo primero que les pasó por la cabeza era que alguien se robaba las gallinas que Antonio había comprado con sus primeras ganancias de Santiago.

Se despotricaron corriendo. Tiraron las ramas benditas por el camino y recogieron palos. Lo que encontraron los dejó perplejos. Martín tarareaba una canción indefinida y descolgaba los pantis, los brasieres y los mediofondos del alambre tendedero y los olía. Se los pasaba por las mejillas, se los ponía de sombrero. Buscaba las costuras exactas que cubrían las frutas vaginales y las besaba, sin importar si eran de Carmela, de sus hermanas o de Ramona.

Los hombres no tuvieron tiempo de ofenderse porque se morían de la risa y esa misma tarde lo nombraron Tricolex, un mote que se le quedaría de por vida. Era la marca de los pantis rosados que le quitaron de la cabeza. Aunque Carmela nunca lo quiso del todo, en ese momento se sintió vejada por una fuerza ciega que no podía identificar, y se supuso sola en el mundo.

6

Antonio Espinal tenía hambre. Sus ácidos estomacales se disponían a taladrar un hoyo en los tejidos de la vida si él no hubiera reconocido esa realidad, levantándose de la dura silla de madera de la oficina municipal. Después de decirle a una indiferente secretaria que regresaría pronto, encaminó sus pasos fuera del aire húmedo de la oficina, que tornaba el paso del tiempo más pegajoso de lo que ya era.

Caminó a través de un ancho pasillo cuyos reflejos se distorsionaban por los contornos de muchas huellas. Olfateó el aire tibio que fluía por una ventana y dejó que su cuerpo cayera de manera rítmica, un paso a la vez, hasta que su descenso espiral terminó en el primer piso. Sus zapatos de color negro crujían con cada contorsión de las suelas. Afuera, estudió el territorio del mediodía y vislumbró, bajo la sombra pestañosa de un guayabo, lo que buscaba. Había una motocicleta estacionada que, equipada con un contenedor de fibras de vidrio sobre su asiento trasero, servía de mostrador.

Allí, un hombre diminuto ofrecía algún alivio a cambio de unos pesos.

Otros dos hombres silenciosos, sentados sobre el bordillo, tragaban con dolor sus sándwiches secos. Perdidos en el placer de comer, reclinaban sus cuerpos flacos sobre el tronco ulceroso de otro árbol, a unos pies de distancia. Antonio escurrió su mano derecha entre el bolsillo respectivo del pantalón y contó por tacto los pocos billetes que llevaba. Se dijo a sí mismo que estaría bien comprarse uno de esos emparedados.

Saludó al hombre, que sacó su cuchillo de cocina para rebanar por la mitad una barra de pan amasada a mano. Lo primero que el cocinero callejero hizo fue desenroscar un pote, apuñalando su contenido empastado para atollar la mayonesa que sacó en una de las rodajas de pan. Sobó el utensilio sin mango hacia arriba y abajo hasta que la mancha blanca se untó como una capa uniforme sobre la masa esponjosa. Usó su mano izquierda para sacar un puñado de repollo picado de una funda plástica, y lo esparció sobre el pan tendido. Colocó algunos trocitos de tomate y roció algo de sal sobre la mezcla, para coronarlo todo con la parte más preciada: la carne rehogada que hervía en una paila, castigada sobre unos carbones al lado de la motocicleta. Por otros cincuenta centavos, el pequeño hombre añadió los pedazos de un huevo salcochado, algo de mostaza, y cubrió la pieza con la otra rebanada de pan, a la que previamente le salpicó unas cuantas gotas espesas, exprimidas de un limón.

Antonio no tenía fuerzas para dar las gracias. Caminó derecho hacia la acera y se sentó en ella. Apoyó su camisa roja sobre un muro de contención en el que los seguidores de varios partidos habían pegado numerosos afiches políticos. Al masticar sus ojos se durmieron de placer. La mezcla aguada se derramó por los lados de sus labios y rodó por la barbilla antes de que Antonio se ocupara de limpiarse con los vellos rojizos de su antebrazo. Se dio cuenta de cuan hambriento estuvo al tomarse un respiro para contemplar un camión que pasó rodando con gran estrépito, lleno hasta arriba de paquetes con cemento en polvo que dejaban una estela descolorida. Iría hacia alguna ferretería.

Esa madrugada Antonio se había levantado a tiempo para ver la galaxia que tiritaba sobre su cabeza, mientras hacía gárgaras en el patio. Su cuerpo sufría el tipo de temblores que nada tenían que ver con el clima. Veía una salida, aunque parecía distante como las estrellas nocturnas. Tomó a sorbos cuatro, cinco veces, del café negro cuya fragancia impregnó la pequeña cocina cuando Ramona se levantó a prepararle el tónico. Debió comer algo con eso, pero apenas había suficiente pan para los otros.

A los demás les quedaban otras dos horas de sueño cuando Antonio salió de la casa y recibió la primera luz del día. Algunos gallos cacareaban en la distancia, jactándose de algo que él no entendía, mientras subía vigorosamente una colina y descendía después a las calles que le llevarían hacia la ruta del transporte público. Unos perros hiperactivos vagaban por la orilla del barrio. Tiraban un pedazo de algo y volvían a recogerlo con los dientes para tirarlo otra vez, y seguir con el retozo hasta que se diera una pelea a mordiscos.

Antonio divisó un vehículo de ruta que se detuvo en la vera arenosa de la avenida para dejar a un hombre bastante gordo. Corrió. A esas horas, fue el único pasajero que quedó al lado del chofer pálido. Absorto en los informes noticiosos, no se daba cuenta de los hoyos por los que tiraba su carro.

—La cosa ta mala ahora mismo — el chofer dijo de la nada.

Antonio dejó que esas palabras se esfumaran ante los espejismos de su mente. Por un momento le pareció que solo él y el chofer existían sobre la superficie del planeta. Solo ellos dos, y el locutor de voz ronca en la radio.

—Eso es verdá. Hay que agradecer que uno tiene trabajo.

—Qué va. Mírame a mí, yo he trabajao toda mi vida y para mí todo está peor cada día. Es como si uno echara todo lo que se gana en un bolsillo agujereao.

—Yo me voy para Nuevayor.

El hombre siguió con los ojos clavados en el camino, absorto como si revisara su conocimiento elemental de geografía. Al rato dijo que le gustaría viajar, juntarse un capital, y regresar a poner un negocio, pero que no sabía cómo lograrlo.

Antonio le reveló su secreto.

—Cómprate un muerto que tenga visa.

— ¿Y tú, qué va a buscar parallá? — le preguntó el chofer. Antonio lo miró. Sus ojos, fijos siempre en la avenida, brillaban como los de cualquier perro hambriento, tanto de alimentos como de aventuras. El hombre le volvió a preguntar— Dime, ¿qué tu va a buscá? ¿Qué hay allá que no hay aquí?

Antonio dijo lo primero que le vino a la mente, derrumbándosele por la lengua sin que él mismo supiera del todo qué era que imaginaba.

—Una vida mejor.

***

Siete horas después, Antonio seguía en espera. Fue la quinta persona en llegar ahí esa mañana, mucho antes de que los primeros empleados gubernamentales aparecieran, pero tomó más de una hora por persona para que se procesara cada solicitud. En principio, los empleados mayormente hablaron de dónde habían pasado el fin de semana que acababa de terminar. Cuando agotaron esa conversación empezaron otra, sobre los pormenores de dónde pasarían el próximo fin de semana. Desembocaron así en una discusión extensa sobre los mejores puntos de recreo del país. Entró un policía, con un puñado de solicitudes, y los empleados se dedicaron a revisar esas, antes que las de los que esperaban desde temprano, pero nadie se molestó en quejarse. Antonio se dormía, dominado por el efecto narcótico de la hartura, cuando oyó que lo llamaban.

—Domingo Re-me-sal— repitió una mujer con la piel del color del azúcar moreno—. Esta es la tercera y última llamada.

—Soy yo, señorita.

— ¿Por qué no contesta de una vez? ¡Despierte amigo! Usted tiene que avivarse si va para los países.

Sin mirarle el rostro, la mujer apuntó con el rosado de su uña pintada hacia una línea de puntos de un cuaderno de registros, para que Antonio certificara con su firma que recibía el pasaporte.

Casi firmó su nombre viejo.

—Son once pesos —le dijo—. Sostenía el documento fuera de su alcance.

—Pero señorita, yo pagué el pasaporte. Tengo un recibo.

—Yo sé que usted pagó. Esto no es por el pasaporte. Es por los sellos.

Sin los sellos el pasaporte no tiene validez.

Antonio llevó su mano sudada otra vez al bolsillo y sacó todo lo que tenía. Pensó que no debió haberse gastado el dinero en comida. Contó once pesos y veinte centavos. Pagó, aunque le faltarían cinco centavos para completar su pasaje de regreso a casa. Afuera, respiró profundo y empezó su trayecto. Le tomaría un par de horas llegar a pie a Los Quemados. Emprendió el camino repitiéndose en la mente su nuevo nombre.

7

A la parte céntrica de Santiago la comprendían una docena de calles, heredadas desde los tiempos en que los
descendientes de los conquistadores las recorrían con
donaire europeo. Se ubicaba al nordeste de un barranco
que separa el caudal sucio del Río Yaque de la Avenida
Circunvalación. Solo el Puente Hermanos Patiño, una
vía sostenida por caballetes de acero atornillado, unía a
la gente del otro lado con la ciudad, y eso desde que la
American Bridge Company lo plantó por una de las partes más estrechas del Yaque.

Con la excepción del río, que se arrastraba sin
atraer miradas, Santiago era desde siempre una ciudad
sin mucho más aguas que las de la lluvia que desciende
de repente, pues entre ella y las arenas doradas de la
costa norte se planta una de las cordilleras que sirven de
espinazo al archipiélago. De cualquier calle, un tran-
seúnte vislumbraba la curva suave del Pico Diego de
Ocampo, azul y verde, según el juego de luz y sombras.

La Calle del Sol descendía entonces desde la parte
más alta de la ciudad, pasando frente al parque de la catedral, hasta desembocar en la plaza donde los campesinos llegaban a vender frutos. En la parte más alta de la
vertiente que es Santiago se levanta El Monumento —
un rectángulo engalanado por grandes losetas de mármol
sobre las paredes de su base. Desde sus adentros de cal,
surgía una redonda columna que, nacida en su centro, se
elevaba como la torre de un faro sin mar. A su estructura
le coronaba un ángel de bronce, ennegrecido por la in-

sistencia del clima. Algún clamor elevaba al cielo, enmarcado las más de las veces por nubes algodonadas.

Desde esa cima se derramaba la ciudad: las calles en las que confluían peones que empujaban carretillas con motocicletas que parecían avispas. Más abajo se arrastraban los sobrecargados vehículos japoneses del transporte público, entre el ir y venir de chiriperos, limpiabotas y vendedores de quinielas. En las tardes regresaban a sus barrios, regados a la periferia, distribuidos sin ningún otro orden que el de la supervivencia.

En los años de formación de la ciudad, el desarrollo había establecido su ley. Lo poco que hacía el gobierno era incrustar tuberías hasta las cercanías de las barriadas, para extender las conexiones de agua. La instalación de tendido eléctrico la forzaba la población, que de no recibirla clavaba palos a los lados de los caminos y usaba cables de todo tipo para extraer la carga sin pagar. Y así, muchos electricistas improvisados murieron achicharrados en su afán por tener luz.

En un principio, los inspectores de la corporación eléctrica de la ciudad pasaban una vez al mes y reportaban las conexiones ilícitas, pero el hurto se hizo tan común que al gobierno le resultó más costoso perseguir a los vándalos que seguir su carrera por adueñarse de nuevos territorios, antes de que el desafuero reinara en ellos también.

El Cerro de Papatín, del que se decía que fue la escena de combates por la gestación de la patria, era uno de esos lugares donde el gobierno había perdido todas las batallas — en parte porque era una loma donde era difícil concebir subsistencia, pero también porque los residentes aterrorizaban con palos y machetes a los técnicos del gobierno. El vecindario era más que nada una barranca al otro lado del Yaque.

Allí habían ido a parar los Espinal cuando se mudaron a la ciudad.

Lo primero que atrapaba los sentidos al llegar por esos predios era una peste a animal muerto que salía de las aguas negras en medio de las calles. Varios perros flacos salían en jauría de entre los patios y espantaban a los intrusos con sus ladridos.

En la cima de la calle principal había un risco retorcido, lleno del mismo fango que procedía de las casas. Los callejones eran más torcidos que la calle principal y uno de ellos era todo un lodazal. No cabía vehículo de más de dos ruedas. Las casuchas de madera y techos de zinc estaban tan cerca que sus aleros casi se tocaban. Les dividían callejones que eran desagües. Algunos de esos espacios estrechos estaban abarrotados de piezas mecánicas, hierros de todo tipo y otros objetos rescatados de la basura. Otras casas cargaban pedazos de muebles, neumáticos descartados y trozos de madera sobre sus techos oxidados, maneras improvisadas de sostener los techos ante los ventarrones de las tardes caribeñas.

Desde la orilla del despeñadero que bordeaba los patios se veía el Yaque, torcido y solitario.

8

En las aproximaciones de Eldridge Street se libraba una guerra silenciosa entre los chinos que extendían su territorio desde las joyerías de Canal Street y los hispanos que empujaban hacia el sur los bordes invisibles de Loisaida, un barrio poblado por más de dos generaciones de hispanos. Los chinos acaparaban todos los espacios comerciales que quedaban al cruzar del Bowery Park, una franja larga y delgada de cemento entre dos calles de vías opuestas. En ella la ciudad instaló más de una docena de bancos de madera, tal vez para instigar algún intercambio social, pero en cuestión de horas las palomas cagaron los asientos.

Algunos árboles de troncos gruesos se erguían desde cavidades circulares donde se distinguía una tierra verdosa, como las venas del Manhattan primigenio. Los otoños e inviernos los árboles perdían su piel, una capa reseca y amoratada, sin que los transeúntes notaran el vestido con tintes de cielo nublado que estrenaban para la primavera. Durante el verano, se les cocinaba el cuerpo a fuego lento y se ponían amarillos, igual que los enfermos de ictericia.

Las tiendas chinas ocupaban espacios cuadriláteros en los primeros niveles de los edificios, que por esas calles alcanzaban hasta los seis y siete pisos. En la mayoría de los casos solamente ellos sabían cuáles eran los productos y servicios de esos negocios, porque sus letreros amarillos, blancos y rojos anunciaban todo en caracteres que al ojo ajeno parecían garabatos. En otros establecimientos no había que entender letreros para comprender el juego de las compras y ventas.

Esos negociantes habían instalado una tras otra frutería, pescadería y puestos de hortalizas, pero por muchas tiendas que hubiera no eran suficientes. Entre las cinco y media de la tarde y poco antes de las ocho de la noche no se recorría esas aceras sin que la multitud china no despertara en cualquiera el pánico biológico del acorralamiento. Había que esquivar brazos y cuerpos que se daban la vuelta para ver el pescado que se soleaba boquiabierto sobre una pila de granos de sal, o las bolas arremolinadas de los repollos, contra la pared en forma de pirámide. En cualquier mostrador había una montaña de naranjas o un regimiento de ostiones. Largas piernas de ranas se exhibían en tendederos. Parecía que el viento las revivía y se les sacudían algunos nervios para huir en busca del cuerpo frío que le arrancaron de raíz. Los peces frescos, con sus aletas y agallas desgarradas, se ahogaban en el aire. Los cachos de varios mariscos ya no amenazaban, sino que prometían su masa agria y líquida.

Los compradores disfrutaban del espectáculo visual como lo harían de los mejunjes aceitosos y húmedos que enriquecían sus granos sin legumbres. Hablaban con su jaleo en explosiones monosílabas que componían un ritmo alargado, similar en sus terminaciones a la resonancia que queda de una cuerda cuando vibra su lamento al aire. No era gente que usara mucho sus extremidades para exagerar, pero estiraban sus mejillas como máscaras de sonrisa y mostraban sus dientes frontales en la misma mueca efusiva, aun cuando regatearan apasionadamente el precio de una compra. Era difícil adivinar sus emociones más profundas.

Sus negocios llegaban hasta los predios de Eldridge, cerca del edificio de esquina donde residían Graciela y Rogelio. Era una estructura de seis pisos, igual de tamaño que casi todas las otras de esa cuadra. Había un pórtico simple a la entrada, apoyado por cuatro columnas peladas; después una puerta, equipada con una doble ventana que estaba marcada por las líneas cuadriculadas de una placa protectora. Por ella, se veía hacía el vestíbulo, un espacio pequeño con un piso de tejas diminutas, que alguna vez fueron blancas. A los lados derecho e izquierdo, entre las paredes, estaban los buzones, exhalando un aliento oxidado, tan cansado como el de cualquier pieza metálica de casi medio siglo.

Los escalones, piezas de una espiral imperfecta, se desparramaban desde la azotea. Eran estrechos y pardos, aunque una vez imitaron la piel vistosa del mármol. A su paso había ventanas, en el lado de la pared que daba hacia la parte trasera. Por ellas se veía otro muro de ladrillos, maltratados por la intemperie, y las ramas flacas de un árbol que crecía sin frutos en la privacidad del callejón. Al tope, sobre el espacio hueco que quedaba entre su espiral, lucía una claraboya, compuesta de un cristal rugoso y opaco que acumulaba sobre sí los retallos insignificantes que los pájaros de la ciudad dejaron décadas atrás. Por ella se filtraba un espectro tibio de luz, que se mezclaba con el reflejo claro y friolento de unas largas lámparas de gases enrarecidos.

El apartamento de Graciela y Rogelio era el número siete. Para llegar a él, había que emprender un calvario contra la gravedad y la tontera, hasta alcanzar el estrecho pasillo que era la plataforma del quinto piso. En cada nivel, había tres apartamentos: uno tenía ventanas que daban a las dos calles crucificadas debajo, otro no tenía más vista que las precarias ramas del árbol y el callejón, y el tercero compartía la esquina del callejón con un segmento de la Broome Street, que daba al parque. El apartamento siete quedaba al pie de las escaleras y era de esquina, con vista a las dos calles. Minerva tenía el apartamento del otro extremo del pasillo, con vista del parque.

Atrapadas en medio, vivían dos señoras polacas. Decían que eran hermanas, pero daba la impresión de que tenían casi la misma edad y no tenían ningún parecido. Una era de cuerpo macizo, casi como de hombre, y la otra era flaca, de apariencia frágil. Eran las últimas europeas que quedaban en el edificio, y eso les daba aire de mártires. Rogelio les caía bien, tal vez porque les recordaba a los hombres de Varsovia, pero a los otros vecinos hispanos y asiáticos no les dirigían la palabra. Nunca se les vio yendo a misa, pero el afiche que cubría las imperfecciones de su puerta era una fotografía de Karol Wojtyla, luciendo sonrisa eclesiástica dentro de su atuendo papal. Eso obligaba a Rogelio, Graciela y a sus visitantes, creyentes al fin, a detenerse cada vez que pasaban frente a la puerta y hacer la señal de la cruz.

La mayoría de los otros residentes del edificio eran chinos. Frente al edificio, una factoría ocupaba dos niveles de una estructura de similar altura. Todos sus empleados eran chinos. Se les veía trabajar casi sin descanso detrás de ventanas enrejadas que escasamente permitían el paso de la luz. Todas las mañanas llegaban camiones. De ellos se desmontaban hombres de pelo lacio y cuerpos de fideos que cargaban las cajas pesadas, sin otro instrumento que la fuerza de voluntad.

El edificio del lado era también de chinos. Los dos pisos de arriba eran de almacenamiento y al nivel de la calle había un taller de herrería. Una familia china soldaba escaleras de incendios y rejas movedizas para ventanas. Todos los días se oía allí el chillido angustioso del metal. Adentro, se veían cuerpos con máscaras opacas que hablaban a gritos entre el chispero de los hierros castigados. El olor a plomo y estaño quemados se metía en los cornetes de las narices y no se iba jamás. Para las horas del crepúsculo el vestíbulo se llenaba de ese humo azul y se pegaba a los rostros de quienes regresaban de sus trabajos. Era un estupefaciente que les preparaba para el olvido de las noches.

9

La vida es tan oprimente que a veces uno siente que va a explotar, que se le van a partir las venas y la sangre va a desbordarse como hacen los ríos. Quiere uno en ocasiones estrellarse contra una pared y desmigajarse. Acabar de una vez con la propia conciencia. Exterminarse.

Carmela Espinal padeció ese desconsuelo un viernes en la tarde, cuando esperaba un concho bajo el cielo esponjoso de mayo. Estaba al cruzar del hospital y se sentía débil, pero no había muro en que apoyarse. Divisó una camioneta a un par de kilómetros de distancia y pensó que, de salir corriendo, se atravesaría de tal manera que el vehículo le trozaría la cadera de un solo golpe.

La camioneta se desfiguró ante su vista borrosa, distorsionada por el rebosar de las lágrimas. El carro de ruta llegó y se detuvo, tras un leve resbalón en la arena, de la que se despidió un rasguño semejante al de una corriente eléctrica que se dispersa. Había dos pasajeros en frente, un hombre y una mujer que aparentemente andaban juntos, y un joven sentado atrás, que sacaba el rostro marrón por la ventana para recibir la brisa fresca.

Carmela subió sin saludar. Abrió el portamonedas, que portaba muy poco, y pagó el pasaje. El chofer subió la radio. La voz de contralto de una mujer lamentó que la tarde lloraba por alguien y Carmela recordó la mirada de lástima con que el doctor le apabulló el ánimo.

—Según mis cálculos… ¡acjú! ¡acjú! ¡acjum!… —le dijo, deteniéndose varias veces para satisfacer su manía de toser—. Ya tienes… acjú, acjum, acjjj, acj, acjá... tres meses de embarazo. Así que no hay nada que hacer... acjum... Los malestares se irán solos. Come bien y espera al parto... ¡acjú!

La miró como la pobre diabla que era. Se llevó un pañuelo a la boca para cubrir la tos.

—Dime, ¿quién es el papá?

—Yo qué sé.

—Acjú, acjú, acjum... ¿Cómo que tú no sabes?

Carmela no se preocupó en contestar y simplemente se puso de pie, tomó su portamonedas y salió. El doctor se ajustó los lentes y siguió tosiendo. Sacudía la cabeza, negando algo abstracto, que solamente existía en su mente.

***

Tres hombres poseían a Carmela, pero ella no poseía a ninguno.

El primero era Casiano, el hijo de sus patrones. Se parecía mucho al doctor. Usaba lentes, tenía los dedos largos y el cuerpo un tanto huesudo. Decía muchas cosas sin decirlas, porque apenas hablaba. Esa vez que Carmela lo abofeteó, porque él insistió en que posara desnuda para una pintura suya, simplemente se arregló los lentes, empujándolos hacia arriba con el dedo medio, y profirió una sola palabra.

—Claro.

Carmela se pasó la noche preguntándose qué coño quiso decir él con esa palabra huérfana. No era parte del léxico habitual de ella decir "claro" de esa manera. Usaba esa palabra como se usaba en el campo, para referirse al claro de la mañana en la sierra, que alumbraba primero las orillas del cielo y se iba esparciendo hasta abarcarlo todo. Estaba el claro de la luna, un brillo disperso que era como el brillo de un espejo. Y estaba el claro de los valles, una pausa caprichosa entre las sucesiones de árboles.

Concluyó que el tipo estaba loco. Divagaba por los anchos corredores de la casa, a veces hasta al mediodía, todavía en piyamas y sin comer nada. Ella se negaba a hablarle, aunque estaba obligada a limpiarle su cuarto, lavarle y plancharle la ropa, y servirle la comida. Lo espiaba cuando se detenía en cualquier rincón de la casa, aparentemente a mirar fijamente objetos, luces y sombras. Las pinturas que él ocultaba con tanto ahínco hicieron que ella cambiara su opinión. Carmela volteó uno de los cuadros cuando barría y se le salió un suspiro. Era el dibujo de una telaraña sobre un trasfondo desenfocado. Brillaba como si fuera real, con el fulgor de acero que se desprende de estas, y, aunque Carmela había visto telarañas en su vida, ninguna como esa.

Esa tarde él llegó empapado a casa, cargando el portafolios de cuero en que llevaba sus pinceles, los carboncillos y algunos tubos de resina acrílica empastada con los colores básicos, además de su cuaderno de bocetos, un borrador de leche, y un poemario de Federico García Lorca que llevaba para todas partes. Los Toscano andaban para una de las reuniones de su Club Rotario, que por instigación de ellos tenía dos años planificando un monumento a José Martí, vestido de guerrero y no como periodista o escritor.

Casiano se quitó los zapatos al llegar al umbral y echó en ellos las medias ensopadas. Carmela no resistió la tentación de hablarle. Le preguntó si quería que le buscara una ropa limpia, pero él pasó de largo, gruñendo que no. Se fue al estudio, donde se le oyó vaciar el portafolios y ponerlo a secar. El cantar mineral de los lápices que caían al suelo y el rebuzno de una silla que él arrastró delataron que estaba de mal humor.

Ella le buscó ropa seca, a pesar de su respuesta. Se presentó a la puerta del estudio y la empujó en el momento justo en que Casiano descubría que alguien había visto sus pinturas. Estaba acuclillado junto a los cuadros que estaban arrimados a las paredes y era aparente que recordaba cómo dejó cada objeto. Regañó a los espacios vacíos de su cuarto, preguntándoles quién había estado jodiendo con sus cosas. Al voltear, auscultó la cara asustada de ella. Se puso de pie y caminó hacia ella, sin que Carmela supiera qué esperar. Por un momento pensó que la besaría.

— ¿A ti quién te dio derecho a meter el hocico en lo que no te importa?

Ella tiró la ropa y salió corriendo, antes de que Casiano tuviera el placer de ver las lágrimas que salían de las heridas de sus ojos. Salió al patio y, sin importarle el aguacero, cruzó mojándose hasta el cuarto de servicio que ocupaba. Allí se encerró y lloró con todas las ganas que tenía, sin preocuparse de que nadie la oyera gemir. Sintió que el cuerpo se le llenaba de amargura, que ella misma era esa amargura y que no quedaría nada dulce en su sangre ni en su disposición.

Pasaron más de veinte minutos hasta que se calmó la tormenta y oyó que alguien le tocaba la puerta. Se quedó en la cama, pensando en nada. Los golpes siguieron y se hicieron persistentes, violentos incluso, hasta que callaron y se desvanecieron. Espero un rato más y fue a la puerta, pero ya no había nadie. Sus ojos se volvieron a aguar.

Iba a acostarse de nuevo, en la penumbra del atardecer que se hacía más espesa, cuando oyó una voz vacilante que se mezclaba con el llanto de la lluvia leve. Se acercó a la puerta y puso su oído contra la madera fresca. A través de su materia fibrosa oyó a Casiano, recitando cosas que ella no entendía del todo, pero que sonaban como una declaración: *Por las ramas indecisas iba una doncella que era la vida. Por las ramas indecisas. Con un espejito reflejaba el día que era un resplandor de su frente limpia. Por las ramas indecisas. Sobre las tinieblas andaba perdida, llorando rocío, del tiempo cautiva. Por las ramas indecisas.*

Después hubo silencio, que no era sino un desparpajo de sonidos en los que no intervenían la palabra ni el pensamiento humano. Carmela abrió la puerta, oyéndola rechinar. Bajo un gran paraguas azul, más azul que el turquesa de los días de sol, Casiano le sonreía. Vestía la ropa seca que ella escogió. Tenía el libro de siempre en la mano, del que leyó esas cosas.

Carmela tuvo ganas de abrazarlo, de que la abrazaran. Le dijo que sí, que posaría para él.

10

Carmela planchaba como pocas gentes en este mundo. Podía devolverle la forma a las vestimentas más intrincadas sobre la faz de la tierra. Era algo que le iba naturalmente. No es que le fuera fácil, sino que su carácter se ajustaba a la tarea de quemar y aplastar telas por horas sin fin. Como toda destreza, la suya no apareció de la noche a la mañana. La primera vez que empuñó el mango de una aplanadora pensó que era un instrumento de cocina mal hecho. Parecía una paila deforme y superficial que tenía la agarradera en el lugar equivocado. La recibió humeante de la señora de la casa, una mujer sin cuello que vivía en las Matas y había encargado a una muchacha para hacer los oficios.

La plancha era una de esas mojigangas de acero que se calentaban por radiación, dependiendo de unas ascuas de carbón que se vertían dentro. Carmela, que primero sufrió un ataque de tos vieja por el humo, casi perdió el conocimiento de tanto reírse cuando la patrona le mostró una pila de camisas, pantalones y vestidos. Pensó que quería que los cocinara. La mujer supuso que las carcajadas eran típicas de una muchacha azorada y la dejó con el instrumento y una tabla de planchar hecha a mano.

Carmela supo, sin necesidad de explicación o razonamientos lógicos, cuál era su asignación, aunque su técnica dejaba mucho que desear. La primera camisa se le desbarató en las manos, achicharrada. Resolvió esconderla y, en vez de delatarse, agarró unos pantalones, de tela más dura, y les hizo unos dos o tres filos buscándoles el cuerpo. Aprendió desde ese intento a usar las yemas de los dedos, que humedecía con la punta de la lengua, para palpar el efecto de la quemazón—significando ello que sería en adelante una mujer sin huellas digitales. Escupía perdigones de saliva sobre la placa caliente para determinar según la rapidez con que la baba hervía qué tan caliente estaba. Nunca se le quemó otra pieza.

Para cuando se fue a trabajar a Santiago, tenía el dominio de su oficio y conocía las virtudes de las primeras planchas eléctricas, con varios niveles de calentura para las distintas telas. Tomaba pantalones que parecieran masticados por un burro y los sometía a la arbitrariedad de la moda y las costumbres. Lo primero que hacía era prensarles las pretinas. Trabajaba con los fondillos y las braguetas, sacando los sacos interiores de los bolsillos para que no dejaran su impresión en la tela. Aplanaba hasta los bordillos que se encontraban debajo de la cremallera. Alineaba con delicadeza los plisados, dándole a cada pantalón su marca distintiva. Las perneras, que planchaba en trazos largos, eran un desahogo. Las rayas del pantalón las determinaba ella, donde su vista le decía que se encontraba el justo medio. Los ruedos se sometían también al mismo martirio de la quemazón.

Las camisas, por ser más difíciles, eran su especialidad. Tomaba sus pellejos estrujados parte por parte. Comenzaba por el cuello, que abría, volteaba, estiraba y doblaba. Allí se definía la camisa. Seguía con el canesú, que montaba al borde de la tabla, moldeándolo primero con sus dedos, como una caricia previa al castigo infernal. Ella sentía el respirar de las telas al chamuscarse y derivaba placer de alcanzar casi todas las superficies por la botonadura de las camisas. Entraba hasta en los dobladillos, porque se daba cuenta de que esas partes de la tela, aunque ocultas a la vista, constituían el armazón que sostenía las costuras. Terminada con mangas y costados, vestía la tabla de planchar con la camisa y trabajaba los detalles de la espalda, dejando para último los puños que desabotonaba y amasaba por fuera y por dentro. Rehacía las camisas con cada planchada.

Cuando supo lo del embarazo no se le ocurrió otra cosa que recoger la ropa de los Toscano del tendedero y plancharla. Sus lágrimas hirvieron sobre la camisa favorita de Casiano, de un verde a rayas blancas. Pensó que de los tres hombres que conocían los pliegos de su piel, Casiano, el que ella más quería, era el menos indicado para la paternidad. Era tan solo un joven que pintaba.

El otro era Daniel, un jardinero que iba dos veces por semana a escarbar las raíces de los rosales; a mojar el tronco y podar las ramas de un gigantesco árbol de flamboyanes; a rasurar y humedecer la grama; y a recoger los tomates que se daban silenciosos por las orillas de la casa. Él tomó su cuerpo y lo acondicionó para la siembra, raspando con sus manos el pudor, oliéndole sus rosas y mojándola como a las raíces de los árboles.

—Mira ese flamboyán —le dijo una vez Daniel—. Con tierra, aire, agua y un poquito de sol tiene. No se necesita tanto pa vivir.

Era después del coito, y estaban recostados entre los nervios que eran las raíces.

***

En su pasado se encontraba Prudencio, el esposo de la que fue su patrona en las Matas. Ese hombre asqueroso, de piel reseca y un vello rosado, que como pajonal iba de los brazos al pecho y de ahí a su espalda y piernas, fue el primero en sostener entre sus palmas sudadas los senos que reventaron por el pecho de Carmela y pendieron salvajes bajo la escasa ropa del calor caribeño. Él tuvo entre las yemas de sus índices y pulgares la piel vulnerable de sus pezones rosados, haciéndole sufrir una debilidad que ella no comprendía. Le partió la inocencia y él mismo se desbarató entre el catarro de su deseo.

Casiano perdió el interés en ella casi tan pronto acabó su cuadro: una Virgen de la Altagracia de tetas grandes y caderas voluptuosas que, desnuda, se recostaba sobre un lecho, vertiendo un calostro espeso y amarillo en la boca del recién nacido—un bebé de cejas espesas como él. Su pubis era una mata de pelos ensortijados y oscuros. Sólo se adivinaba que era virgen por la aureola que enrarecía la atmósfera. Él le dijo que no vendería el cuadro hasta que fuera un pintor famoso y que ese niño sagrado sería la criatura imaginaria de ellos dos—el único tipo de prole que él podría tolerar.

Al terminar de planchar una última camisa de rayas amarillas y tela de cien por ciento algodón, Carmela concluyó que la criatura en su útero venía del jardinero.

El jueves siguiente se bañó y perfumó con la loción de la patrona, deseosa de desprender el hálito de una flor cuando él cruzara cerca de ella con la regadera que excitaba a todas las plantas del patio.

Era primavera y las abejas buscaban por entre los rosales húmedos la crema solar de la vida, pegajosa y adictiva como la de cualquier golosina.

11

Graciela volvió a encontrarse en la tarde blanca, de orillas que se perdían para siempre entre un desorden de luz. Las nubes se dispersaron antes de convertirse en tormenta y los ruidos de la lejanía, cual letanías, se estiraban por la irregularidad del paisaje. Ella, sus dos hermanas y sus dos hermanos, y ante ellos el cielo. Sus canillas empolvadas y flacas parecían raíces tenues sobre el barro descolorido y disuelto de la tierra. Adentro se oían los gemidos como un canto involuntario. Dos parteras la atendían. La primera mandó horas antes a buscar a la otra, su maestra en esos menesteres, porque la criatura se presentaba atravesada.

—Pandéese pacá —se le oyó decir a una—. Arrempújelo, arrempújelo, que ya quiere salí. Arrempújelo pa que no se atore.

Plinio escarbaba con una ramita entre la yerba. Se había fumado el único cigarrillo que tenía horas antes, creyendo que no faltaba mucho más. Llevaba dos días sin aserrar, sin hacer nada, sin comer bien, esperando al parto.

Se puso de pie por quinta vez y preguntó a las parteras cuánto faltaba. Alcanzó a ver a Ramona, sobre la misma mesa donde una vez estuvo el cuerpo lánguido de su madrastra piojosa. Se posicionaba de par en par para encoger todo su cuerpo como un músculo. Un chisguete de sangre saltó de la hendidura roja que parecía una vieja llaga.

— ¡Vamo a ver si te pare ya! — le gritó.

Una de las parteras lo sacó del rancho y le ordenó que se fuera a escarbar un hoyo.

Graciela pestañeó. Oyó a lo lejos la sirena de algún vehículo de emergencia, que lloraba cada vez más distante, hasta desvanecerse. Se dejó llevar otra vez y volvió a encontrarse en la penumbra que se derramó sobre el campo tras un ocaso incipiente de tonalidades moradas. Ella y Plinio se encontraban a las raíces del aguacate. Plinio terminó de cavar con una pala prestada. La partera, una mujer flaca cuyo rostro sostenía un eterno gesto de tristeza, se acercaba a pasos lentos. Cargaba en una sábana la masa húmeda y ensangrentada.

Graciela sostenía la cuaba ardiente que, a pesar de alumbrar las cercanías, sumergía al resto de la tierra en una oscuridad impenetrable. La mujer tendió la sábana en el suelo y sin el menor asco levantó una asadura sangrienta y gelatinosa que expandió con sus dedos, abriéndola para enseñársela a Graciela, entonces de quince años, sus tejidos.

—Mira, mira bien.

La misma partera abrió los ojos hasta que no se le veían las membranas plegadas de sus párpados, como hace quien está a punto de revelar un gran misterio. Los tejidos eran rojizos, pero elásticos y translúcidos.

—Ete ej el árbol de la vida, que nunca termina porque pasa de un cuerpo a otro.

Luego echó el órgano en el hoyo que Plinio cavó.

Graciela surgió con esos destellos de algo que no era exactamente un sueño. Emergió mareada del pasillo luminoso que se encuentra entre estos y la mal llamada realidad. Fue de entre esos bordes porosos que brotaron los recuerdos del nacimiento de Tobías, hasta que un espasmo le sujetó la espalda y el dolor reclamó todo lo que le quedaba de conciencia. Se le escapó un suspiro y se quedó silente en la cama, fijándose en la bóveda de fingida terminación rústica.

Los dolores fueron y vinieron toda la noche y los sufrió sola, sin ganas de parirse. En la mañana decidió que no estaba lista para sentir la quemazón de sus labios vaginales, henchidos y estirados hasta los límites de la tolerancia. Los buenos días de ese sábado fueron un ultimátum para Rogelio, que iba medio dormido a fumarse el usual cigarrillo.

—Si no compras la cuna hoy, la compraré yo.

Ese mediodía se fueron los dos, chorreando el calor de junio, por las aceras manchadas de Delancey Street. Caminaron de tienda en tienda hasta encontrar un armazón de tablitas débiles con colchón fofo y un soporte de bastidor barato que no costaba demasiado. Era la cuna de muestra que quedaba en una tienda de esas que venden productos de calidad cuestionable.

Un empleado de brazos largos empujó el artefacto hasta la puerta y desarmó, con sus dedos de destornillador, uno de sus lados. Una vez afuera, repitió la operación en reversa. Les vendía la cuna a bajo precio, pero tendrían que llevársela armada. Rogelio arrastró el armatoste por siete cuadras entre el gentío que buscaba bombas para cucarachas, tenis para caminar a sus trabajos, vestidos para alguna fiesta de bodas y gafas oscuras para el sol. Graciela forzaba el cuerpo a moverse entre los retortijones de sus músculos uterinos.

El semáforo dio luz verde, que era lo mismo que soltar un disparo, cuando cruzaban. Las bocinas de carros largos y humeantes los agredieron como un ataque a pedradas. Rogelio retrocedió con gran esfuerzo hasta encaramar la cuna sobre la acera de en medio. Los vehículos que se quedaron atrapados a media caja peatonal, en el siguiente cambio de luz, no retrocedieron ni una pulgada para que pasaran. Las ruedas frágiles llevaban un escándalo por toda la calle, raspando con su plástico la porosidad del cemento y rozando pelos, colillas y granos de arena. Fue un alivio doblar por la acera maltratada de Eldridge, vislumbrando finalmente el edificio flaco y largo en que vivían. El ayudante del bodeguero, que se fumaba un cigarrillo parado en la esquina, no pudo resistir una broma salada.

— ¡Rogelio! Bendito, compra un coche en vez de sacar al nene en su cuna.

Rogelio, con su cuerpo desorganizado de barriga desparramada y ancas abiertas, forcejeaba en el pórtico del edificio. La subía al último de tres escalones, pero por la estrechez de la puerta se le iba para un lado y volvía a parar en la acera. Sacó un pañuelo de su bolsillo trasero y lo plantó sobre su frente. Se agachó a desenroscar las tuercas, pero sus dedos temblorosos y de puntas redondas no sirvieron para destornillar. Un chino que bajaba con su cuerpo plano desde el quinto piso le ayudó, por lo menos para que quitaran la cuna de la entrada y él pasara con unas bolsas de basura que olían a grasa.

Graciela sostuvo la puerta mientras tiraban a jalones de la cuna. Rogelio cayó de rodillas con ella, pero dentro del vestíbulo. El hombre le preguntó algo en su lengua jalada, porque tampoco sabía inglés, y Rogelio le contestó con la que supuso la palabra más universal del mundo.

—Okey.

Oyendo eso, el chino se fue sin ayudarlo siquiera a pararse del suelo cuadriculado.

Graciela irrumpió en gritos de maternidad y Rogelio estaba a punto de correr en direcciones desconocidas cuando terminó esa contracción, y ella misma, en un arranque de autosuficiencia maternal, resolvió el atascamiento.

—Vamos, cógela por esa punta y yo la cojo por esta.

Graciela quedó debajo. Quisieron invertir el orden, pero casi se les cae la cuna por entre la espiral de la escalera. Entre el segundo y tercer piso Graciela se fue a gritos otra vez. Rogelio casi se cagó con todo el peso de la cuna hasta que ella se recuperó. Entre el tercer y cuarto piso se oyó el golpetazo de una puerta que se cerraba y después los pasos arrítmicos de dos cuerpos. Eran las polacas que descendían. Aunque vieron el estado de sus vecinos, no dejaron que les usurparan el derecho a la escalera. Se rozaron entre ellos y casi les tumbaron la cuna. Una de ellas, la más chiquita, le advirtió a Graciela que la sostuviera bien para que no fuera a golpearla.

Llegaron al apartamento cuando Graciela sufría otra contracción. La cuna apenas cabía por la puerta.

Rogelio le cayó a patadas. Sus tablas blancas se afloja-
ron y quedaron marcadas para siempre en el marco, una
brutalidad que Graciela jamás dejaría de reprocharle.

Rogelio quería llevar a Graciela al hospital, pero
ella se negó. Cómo era posible, exclamó, dejar la cuna
sucia y sin arreglar. La desinfectó entre dolores hasta
que la raya de pintura se hizo menos notable y las ruedas
quedaron libres de residuos, aunque marcadas por las
pequeñas hendiduras de su tránsito. Rogelio insistió en
que se fueran. Graciela le gritó en la cúspide de una contracción que tenía que bañarse y cambiarse. Él también
se afeitó, bañó y perfumó según las órdenes que ella le
dio. Pasaron unas dos horas hasta que salieron.

Volvieron por la misma calle Delancey, deteniéndose cada cuatro minutos más o menos hasta que
pasara una contracción. Iban hacia las entrañas del *sub-
way*. Tomarían el tren hasta la catorce, de donde camina-
rían al hospital judío. Rogelio estaba tan nervioso que
compró los veinte dólares que le quedaban de *tokens*,
suficientes fichas para ir y venir en tren o autobús de
diez partos. Él puso su ficha y pasó primero. Ella puso la
suya y estaba pasando, cuando en medio del torniquete
sintió que se le salía todo lo que cargaba en los intestinos
y pegó un grito que viajó por varios túneles del *downtown*. Se aplastó ahí, se bajó los pantis y empujó.

Rompió fuente mientras el tren jota llegaba a la
estación, cargado de compradores de fin de semana. Una
mujer rosada, llena de vellos en la cara, la ayudó. Le decía en inglés y por señas que respirara y aguantara el
resuello para empujar. Casi le arrancó la camisa del pe-

cho a Rogelio para tapar con ella la desnudez de Graciela. Llegó un policía, que lo primero que hizo fue protestar por su mala suerte. Lo que menos quería era un parto en la humedad infernal del subterráneo. Llamó una ambulancia por su radio chillón, pero la cabeza se asomaba y atrapó, sin guantes de látex ni toallas, a la criatura.

La niña, que nació con una mata de pelos en la cabeza, chirrió de una vez. La noticia salió en el Daily News del día siguiente, como una curiosidad más en una ciudad de curiosidades. Al policía, un tal Dwight O'Brien, residente en Westchester, se le catalogó de héroe. Él llenó los formularios de emergencia y le dio nombre a la niña, sin consultar a los padres. Se llamaría como la calle: Delancey Pérez.

La estadía

Mucho transcurrió hasta esa tarde irreversible en que llegaron los que faltaban en el segundo vuelo del día de American Airlines. Fue un evento del que no quedaría ni foto ni grabación más que en los cuadros inmateriales de la memoria familiar.

Estaban los retratos mentales de los últimos momentos en la vieja casa del barrio, de la que Plinio se despidió como quien fuera al viaje sin regreso de la muerte. Paseaba por los cuartos a la vez que improvisaba un inventario de su vida. Hablaba con las paredes húmedas del patio mientras sus dedos largos recorrían la suavidad metálica de un alambre liso en el que tantas piezas de ropa colgaron expuestas al sol. No se escuchaba bien lo que Plinio balbuceaba ese día, excepto unas palabras que repitió — *Espíritu Santo, Espíritu Santo...*

Las mujeres afanaban en la cocina como si fuera un mediodía cualquiera, fregando de los platos los últimos restrojos de comida. Era un martes en que el viento en los aleros hablaba de una soledad inexpresable, como la que se sentía en la misma sala donde Erasmo y Tobías pusieron una década atrás el primer árbol de navidad.

Se fueron esa vez, por iniciativa propia, a buscar por las calles del barrio un buen espécimen, hasta que encontraron una mata solitaria entre el yerberío que rodeaba a la radioemisora que servía de hito para quienes buscaban Los Quemados: "Vaya por la Circunvalación. Llegue a la fuente de Marilópez, donde está la rotonda de la Estrella Sadhalá, haga una izquierda después de pasar la rotonda, y usted verá la antena de Radio Hit a mano izquierda; siga por ahí, por la Franco Bidó, y cuando llegue a la entrada de la emisora siga un poquito más allá y doble a la derecha. Esa es la Calle Primera. Por la primera se llega a las otras calles, aunque la única que tiene letrero es la Calle Dos. Alguien se robó los otros letreros".

Radio Hit se encontraba en un terreno lleno de árboles. Era un plantel básico donde había dos estudios con sus micrófonos, consolas, y señales que pestañaban "ON THE AIR". Su antena era la elevación más alta de todo ese sector. Toda una Eiffel en miniatura. Tenía una luz roja en la punta, que prendía y apagaba de noche, incluso cuando un apagón dejaba todo en penumbras.

A nadie le importó que Erasmo y Tobías arremetieran contra las yerbas a la entrada de la emisora, para abrirse paso hasta el árbol que querían desenraizar. Fue un yerbicidio depravado, sin necesidad. Escarbaron entre las raíces que parecían dendritas temblorosas y Erasmo se fue de culo, rodando por entre los cadillos, cuando sobreestimó la fuerza que necesitaba para arrancar la mata de un buen jalón. Tobías hizo un reguero deshojándola en el patio, mientras Erasmo batía cemento sobre un cartón desarmado. Llenaron con él una lata vacía de pasta de tomate —*Victorina, el sabor que me fascina*— y plantaron las raíces que quedaban, con todo y tallo en su interior. Se sentaron como dos retardados a mirar la mezcla. Escupieron por todo el patio los bagazos de unas naranjas dulces que se robaron del mismo terreno. Cuando se acabaron las naranjas jugaron con sus cáscaras, convirtiéndolas en balas agrias que torcían en pedacitos para catapultar desde el extremo de una gomita estirada. Escondidos desde el patio le tiraban a todo el que pasaba por la Calle Doce — a la mujer averrugada que vendía chicharrones; al gato amarillo de la modista; al burro de una marchanta que casi tumbó la carga cuando le hincó el hocico; al vecino René, que se pasaba horas haciendo swings de jonrón en medio de la calle y soñando con las grandes ligas; al carbonero que, a pesar de respetar mucho a Ramona, no temió en vocearles hijuelagranputa cuando le pegaron en la nuca.

El juego se les acabó cuando le tiraron a su propio padre, porque no reconocieron de inmediato la silueta torcida de Plinio. Y él los persiguió a fuetazos con una soga que sacó de algún lado, hasta que saltaron al patio del lado muriéndose de la risa. Él también se rio, pero la tos que le causó la corrida lo puso de mal humor. Para castigarlos, les sacó el árbol de la lata y lo tiró de arrebato para arriba de la casa. Pero los muchachos volvieron y, pacientes, prepararon otro envase, esta vez de Aceite Crisol —*De la mazorca a la lata*— que tuvieron que pedirle al mismo carbonero que les había mentado la madre. Después de que se secó la liga, Tobías pintó el recipiente, el cemento seco y el árbol desojado de blanco. Erasmo le pegaba trozos de algodón a las ramas para simular la nieve que ninguno de los dos conocía.

Esa misma tarde pusieron el árbol en la esquina de la sala, decorándolo con papelitos brillosos, de los que traían adentro los paquetes de cigarrillos. Plinio visitó ese momento en su memoria y se le dibujo una sonrisa, mientras se mecía por última vez en una de las mecedoras reumáticas de la sala. Igual que a Plinio, le sonaban las coyunturas al mecerse.

2

Plinio quiso resistir el cambio cuando se mudaron por primera vez para salir de Damajagua Adentro, pero cedió ante cierta inevitabilidad conspiratoria entre el destino y el progreso, fuerzas que de muchas maneras le superaban. Esos planes habían comenzado a maquinarse desde aquella tarde en que el doctor Ariel Mendoza llamó a Antonio a su despacho, verbalizando de alguna manera lo que sus empleados deseaban. El doctor, alumbrado por el brillo explosivo de una lámpara de escritorio, ni siquiera levantó la mirada para ver la camisa apretada que Antonio vestía, los pantalones que una vez fueron azules tornándose grises y los zapatos de suelas recosidas. Solamente cuando Antonio enmudeció, atolondrado por la naturalidad de la pregunta que el patrón le hacía, el doctor Mendoza sacó la vista de los papeles, de seguro algún asunto de tratamientos en la Clínica Corominas donde laboraba, para averiguar si el muchacho seguía ahí. Ni entonces sospechó el doctor la gran diferencia entre él y su empleado.

—Pues sí —siguió diciéndole—, eso es lo que ustedes tienen que hacer: buscarse una casita en un barrio que no esté demasiado lejos y traer a esos viejos para la ciudad, que así ustedes se pueden ir a dormir a su casa todas las noches y estar con su familia. Yo creo que sería más fácil para ustedes, para que terminen de hacerse gente de ciudad.

—Sí doctor —contestó Antonio—. Eso sería bueno.

Todo quedó ahí, suspenso en la nada. Hasta que meses después el doctor le preguntó otra vez, tras llamarlo a su despacho, en qué iba aquello de buscar casa. Antonio le contó que fue a ver las del Cerro de Papatín y que habló con sus hermanas, y, en fin, que era allí que comprarían un lugarcito. El doctor no solo lo felicitó sino que, levantándose para ello de su silla reclinable y acolchonada, lo abrazó. Con toda la sinceridad que había en su pecho le dijo que les deseaba el progreso porque eran gente humilde que merecía mejores condiciones de vida. Le ofreció que cuando se mudaran les regalaría las sillas de marcos metálicos que tenían en el bohío del patio, que de todas maneras las reemplazaría por otras de estilo más sobrio. Antonio le echó una bendición de agradecimiento y el doctor le preguntó cuándo se mudarían.

En unos cinco años, le dijo Antonio. Según sus cálculos, lo lograrían en ese tiempo si se apuraban, juntaban todos sus ahorros y no gastaban los bonos navideños. La revelación hirió las cavidades más profundas del doctor Mendoza, que se encontró de repente con ojos lagrimosos y la garganta anudada. Hasta entonces no se había dado cuenta del todo de que sus empleados eran unos miserables, algo más que gente pobre que pululaba por su casa.

El doctor era un despistado en esas cosas de la vida cruel. Estaba acostumbrado a recibir en su consultorio de ginecología a las señoras de alta sociedad de Santiago de los Caballeros. Se ganaba la sumisión implícita de sus maridos, que reconocían que con él no les quedaba mucho más que perder, y tenía influencia que llegaba más allá que el dinero, que también tenía, y le facilitaba todo tipo de transacciones en un país donde "las relaciones" lo eran todo. Esos hombres de influencia que rara vez acompañaban a sus señoras al consultorio se quitaban el armazón pesado de la hombría ante él y, sintiéndose livianos, le hacían las confesiones espantosas, como sus fallas eréctiles o el maltrato al que los sometían algunas de esas mujeres pequeñas y astutas, como las gatas, que llegaban hasta el consultorio. Era a él también a quien necesitaban esas familias para que les resolviera con toda discreción los embarazos inoportunos de sus amantes, de las noviecitas de sus hijos, y los accidentes de cálculo de sus mismas hijas. Estos hombres a veces le confesaban sus fantasías eróticas, y preguntaban: ¿eso es normal, doctor?

—Normal es lo que usted piense que es normal —les decía él, sin ninguna duda de que era realmente lo que pensaba.

A alguien con tantas opciones y riqueza innata no le cabían en la mente las limitaciones de sus sirvientes, por muy condescendiente que fuera en su trato personal o liberal en su pensamiento político. Había sido concebido, criado y educado sin privaciones económicas ni vejaciones sociales y era hombre blanco y alto con voz de trueno. En el engaño febril de su buena fortuna, el doctor a veces conversaba con Antonio de algún viaje que haría a Paris o a Roma, sin notar el gran contraste que significaba indicarle luego que recogiera la caca del perro. Ah, ese maldito perro, que cada tarde le recordaba a Antonio su lugar en el mundo. Era un labrador de piel parda, al que lógicamente se le servía primero que a la gente del servicio, recluida como de costumbre en sus cuarteles traseros para que la familia tuviera su privacidad.

Lorenzo se llamaba. Tenía nombre de hombre el cuatropatas. Antonio, que además era el jardinero, era responsable del pendejo animal, porque aunque era perro grande era muy peculiar. Una vez le buscaron una perra de raza para que se divirtiera un rato y le diera alguna ganancia al criador y el muy animal lo que hizo fue ladrarle. Cuando la bestia femenina le pegó unos mordiscos violentos, Lorenzo huyó y no hubo quién lo sacara del fondo de un clóset hasta el otro día. En ratos se le metía la calentura, pero prefería sobarse de los palos, de la grama y de los zapatos, que cada vez que desaparecían de sus lugares podían encontrarse en la casita de Lorenzo, una construcción con tejas de barro calcinado y una compuerta, que le permitía salir o entrar según se le antojara. Arriba tenía un letrero con su nombre, en letras cursivas. Cuando el jefe llegaba de su jornada de consultas, Lorenzo reconocía el zumbido gutural de su Peugeot y salía dando brincos. Se sentaba sobre sus ancas en el umbral de la casa a esperar el saludo de su amo.

El hombre entraba barnizado de babas perrunas y así le daba un beso en la boca a Carla, que aunque era la recepcionista y administradora de su consultorio, llegaba más temprano a la casa para decirle a las criadas qué cocinar y para recibir a sus hijos después de la escuela. La señora se cambiaba de ropa y después se rellanaba sobre una silla playera, debajo de los árboles frondosos del patio. Pasaba horas leyendo novelas de autores ingleses, europeos y estadounidenses mientras Antonio abonaba las plantas, recortaba ramas secas, rastrillaba la grama y recogía la mierda.

Antes de que llegara el patrón, Antonio le lavaba la casita a Lorenzo y de paso lo bañaba y le echaba unos talcos recetados. Le daba un hueso falso para que se pusiera a roer, esperando la entrada triunfal del jefe. Pero el perro era malicioso; si Antonio lo dejaba que escapara de su vista, brincaba por entre las petunias y se revolcaba en la tierra negra jugando con algún insecto.

Lorenzo estaba insoportable un miércoles cualquiera y a Antonio se le hacía tarde para bañarse y quitarse los trapos de jardinero para ponerse el uniforme del liceo al que asistía después de horas laborales. Ese día Lorenzo se cagaba en partes. Un mojón aquí y otro allá, por todos los callejones, y cuando parecía que había terminado de causar desastres arrastró sus ancas hediondas por la alfombra de la sala, dejando un rastro fétido. Antonio se pasó la última hora limpia aquí y limpia allá mientras la señora lloraba a todo moco por las desgracias que leía de una familia negra en el sur de Alabama. Él creía haber terminado cuando salió al patio y descubrió que el Lorenzo se había llenado el hocico de su propia mierda. Antonio sintió la ebullición de su sangre y corrió a zancadas detrás del perro, hasta que jalándolo por el collar del cuello lo metió debajo de la manguera y lo bañó a la fuerza. Lo arrastró luego hasta su casa de tejas y cuando el animal, excitado por alguna razón, se negaba a entrar, se quitó una chancleta y le pegó varias veces en el costillar. Lo forzó por la compuerta a empellones y le gritó que no saliera a joder más.

Al voltear sintió que todas las vísceras se le desprendían y que los músculos se le partían.

Le miraban el doctor y la señora, llorosa por la ficción que le había exprimido el corazón.

— ¿Pero qué has hecho mequetrefe? ¿Cómo puedes —reclamó el doctor— maltratar así a una criatura sin culpa?

Tiró el maletín, se le acercó a pasos pesados y le quitó el calzado de la mano. Amagó con pegarle y Antonio se tapó la cara con los brazos.

— ¡No Arielito! Déjalo, que el pobrecito no sabe lo que hace.

El doctor dejó caer la chancleta al piso sin tocarlo, aunque de alguna manera que Antonio no entendía del todo lo había herido.

Tembloroso de indignación, el doctor apuntó con su índice izquierdo, porque era zurdo, al rostro de Antonio.

—Qué sea la última vez que te metas con mi Lorenzo.

Antonio caminó hasta el otro lado de la casa y oyó cómo consolaban al perro baboso.

Siguió hasta el baño de los sirvientes donde se quitó el sucio del animal y se vistió de uniforme escolar sin permitirse un pensamiento. Se olvidó de comer. Buscó la mochila de medio uso que los Mendoza le regalaron al principio del año escolar y salió callado por el callejón.

Caminó por las aceras cuarteadas por las raíces de grandes árboles, avanzando hasta la calle donde estaba el transporte público. En la ciudad caminó otras cuadras, que le parecieron más largas que de costumbre. Llegó primero que nadie esa tarde a la entrada del Liceo Onésimo Jiménez. Después de asegurarse de que nadie lo veía, se apoyó de un viejo muro y dejó que se le salieran las lágrimas, hasta que el llanto se le volvió rabia.

—Algún día —se dijo entre los dientes— seré rico.

3

Tobías bebió desde que se levantó a las tres de la mañana para arreglar las últimas maletas en que iban las ropas
que él y su esposa compraron desde dos meses antes del
viaje: los *Huggies* extra absorbentes, para un mes de ca-
gadera; las cajas de cereales con y sin azúcar; los vestidos arandelados para Ramona; el sombrero de piel para
Plinio; las camisas estampadas que estaban de moda,
para sus viejos amigos; y, claro, los cuatro litros de licor
entre *Johnny Walker* y *Remy Martin* que compartiría con
ellos — Casi los podía ver, saliéndoseles los ojos con
tanto trago fino, ellos que solamente bebían lavagallos.
Empezó con la botellita pequeña de *Black Label*, que le
dieron de cortesía en la licorería por la compra efectua-
da. Se bajó un sorbo caliente para lavar la pegajosidad
del sueño, hasta que llegó al Kennedy con la sangre al-
borotada. La verdad es que estaba contento. Demasiado,
según verificó una azafata de ojos azules a quien él le
agarró la mano, contándole quién sabe qué historia. Se
durmió cuando el avión sobrevolaba el Atlántico, no
muy lejos de las Bahamas, y despertó para divisar la
mancha negra que era en la distancia el terruño. Fue de
los que más aplaudieron cuando las ruedas del avión tocaron tierra.

En la misma pista de aterrizaje empezó a desbor-
dársele el alcohol. Dio un billete de cincuenta dólares al
conjunto típico —un acordeonista con anillos en casi
todos los dedos, un tamborero flaquísimo y un güirero
que todavía no emplumaba como los hombres — y los

músicos dicharacheros lo persiguieron tocando el mismo merengue hasta la aduana.

Tobías le pidió a su chofer que se detuviera en la parada del túnel — una posada donde vendían las Presidentes más frías de todo el trayecto. Se bebieron dos o tres, y siguieron, sin que su esposa protestara porque estaba igual de embalada que él: una cerveza bastó para ella. Desde que llegó a la zona franca, a la entrada de Santiago, Tobías se manifestó desenfrenado. Voceaba cualquier cosa a la gente que iba por las aceras. Se detuvo cerca de la Fortaleza San Luis, la misma de los tiempos del Cerro, y le dio cinco dólares a unos limpiabotas. Allí se fue en vómitos y se quitó la misma camisa estampada que tenía para limpiarse la boca. A la entrada del barrio, le gritó comepantis a una señora muy mayor que caminaba con una lentitud extraordinaria. Las demás horas se le fueron entre abrazos, historias exageradas y más vómitos, hasta que se durmió muerto de risa.

El segundo día salió de las ilusiones de su memoria y vio todo como era: la casa de vigas carcomidas, los techos de zinc agujereados, los lagartos que esperaban cerca de las bombillas, las cucarachas voladoras que llegaron en horas de la tarde y la polvareda que se levantaba en la calle cuando pasaban las camionetas anunciando la venta de distintos productos y enseres.

Tenemos que sacarlos de aquí, dijo a los viejos.

Quedó aturdido por el contraste entre el barrio de su mente nostálgica y las calles sucias que encontró; entre la alegría de sus padres y el aspecto en que los descubría, medio marchitos y con esa capa eterna de sudor del clima tropical. Plinio no podía reírse sin que la flema se le atascara en la garganta. Ramona exhibía el cansancio de varias décadas en los hombros. Sus horas transcurrían entre el café de la mañana, el arroz y las habichuelas del mediodía y los plátanos salcochados con huevos de la cena, sin que la siesta vespertina fuera otra cosa que un hornearse entre el calor espeso de las dos de la tarde. Plinio hacía los mandados, recorriendo callejuelas sobre sus huesos habladores. Andaba en zapatillas de cuero que no protegían sus largos dedos de la tierra molida de las calles. Iba del colmado de una esquina al de la otra, y de allí a la otra, y de ahí al puesto de ensaladas y, finalmente, a la carnicería, arrastrando los pies y dejando un rastro de la saliva.

—Nosotros estamos bien aquí — se defendió Plinio.

Pero Tobías contemplaba otra realidad y tramaba un cambio.

4

La opinión popular era que El Cerro, con sus callejones enlodados y concentración de pobreza, era una trampa de muerte. Fueron muchos los que profesaron que bajo cualquier aguacero de mayo se derrumbaría ese caserío con todo y su miseria hasta el precipicio que daba al río. Diluvios, ciclones, redadas de la policía, deslizamientos, matanzas, apuñalamientos, todo tipo de desgracias se esperaba de aquella serie de callejones inmundos. Todas, menos el infierno que se desató un viernes en que nadie lo esperaba.

Eran más o menos las cinco y media cuando Antonio se enteró, aunque hacía un par de horas que El Cerro ardía. Regresaba a pie a su casa cuando echó un vistazo hacia el monte al otro lado del río y el corazón se le desparramó por todas las arterias. No se veía El Cerro, esa totuma de tierra que asemejaba una espalda jorobada. No se veía ni siquiera el puente. El cielo estaba sucio. Una mancha amarilla tapaba todas las nubes y se mezclaba con los tintes rojos de un sol rebelde. Se echó a correr por los lados de la Tabacalera hasta que le dolieron los pies. Se recostó sobre el muro achocolatado de uno de sus edificios. El aire olía a cigarrillos con mentol.

Corrió otra vez.

— ¡Se ta quemando el cerro! ¡Se ta quemando el cerro! — gritaba un hombre oscuro que corría desde el otro lado.

Pensó en sus padres y hermanos. Se sintió culpable de meterlos en ese lodazal. Llegó al pie del Cerro cuando sentía que le estallaría el corazón. El incendio era peor de lo que imaginaba. Todo cedía a unas llamas anaranjadas y moradas. Una multitud sudorosa estaba a los lados del camino de tierra, el agrio de sus pieles mezclado con el choque eléctrico del asombro. Otros emergían de las llamas.

Había gente que arrastraba objetos entre el crepitar. Los cables del tendido eléctrico que se alcanzaban a ver desde allí ardían y se rompían. Los árboles, que por esa temporada tenían las ramas secas, desprendían llamaradas de palo en palo. Caían brasas por el barranco, que incendiaban la yerba que daba al río. El basurero, que era un risco donde todos tiraban desperdicios, exhalaba el humo más negro y, aunque daba la impresión de estar apagado, se quemaba por dentro. Las ratas fueron las primeras en huir río abajo.

Antonio vio un perro que luchaba con una soga y arrastraba sin mucho éxito un pedazo de la cerca donde lo dejaron. Se detuvo a soltarlo, aunque se preguntó qué hacía rescatando a ese animal mientras las vidas de sus familiares peligraban. El perro salió huyendo más allá del humo tan pronto terminó de liberarlo, y él pensó en la vida y en el deseo de todas las criaturas de preservarla. Vio hombres y mujeres que en el afán de no perderlo todo rescataban las pertenencias más extrañas. Una mujer arrastraba un saco de boxear. Un señor de edad madura pasó con una escoba, un cubo vacío, algunos platos y una paila. Otro llevaba las hornillas de una estufa, unos vestidos mojados y un bate de béisbol.

Llegó al callejón donde vivían. Al mirar atrás, entre cables caídos, hojas de zinc calientes y casas que se derrumbaban, pensó que no saldría con vida. Olió la goma chamuscada de sus mocasines estropeados, un regalo de los que habían usado los hijos de sus patrones. Y, finalmente, los vio: estaban bien, en medio del callejón, donde amontonaban lo que rescataban de la casa.

Carmela, preñada como estaba, arrastraba el último mueble que les quedaba adentro, una mecedora de hierro que antes recogieron de la basura de una casa de ricos. Antonio la ayudó, y, después de forcejear hasta el callejón, se abrazaron y lloraron de alegría y desamparo a la vez. Acababan de perder la casa de la que apenas empezaban a pagar un préstamo a sus patrones, pero estaban vivos y en esas circunstancias las deudas no significaban nada.

Cuando salieron del incendio cargando las sillas de caoba que les regalaron los Mendoza, y todas las otras pertenencias que pudieron sacar, los otros damnificados los vieron como una aparición. Ya los daban por perdidos. Hasta los Mendoza, que llegaron con su camioneta de cargas, vestidos en sus ropas sport, los lloraban entre el mal olor de la pobreza. Los guardias los aplaudieron y vecinos que hasta entonces no los conocían los besuquearon.

Ninguna persona murió en El Cerro, pero el gobierno no supo qué hacer con la multitud de damnificados, estimada entonces alrededor de ciento veinte familias. El asunto atrajo a los periodistas capitaleños, que normalmente se hacían desentendidos de los asuntos de provincia, y uno que otro relató los pormenores de esa gente que a dormía una noche en una iglesia y la siguiente noche en otra, porque el síndico decía que no tenía donde ponerlos. El obispo, que en un principio prometió que los alojaría hasta que fuera necesario, se hartó de ampararlos cuando le informaron que algunos se hicieron de cervezas y se pasaron el siguiente sábado con sus eructos y bachatas de amargue en la iglesia que los acogía.

Los vecinos se pusieron de acuerdo para dormir en las escalinatas de la catedral. Un fotógrafo, de esos que llenaban las páginas de crónicas sociales con fotos insulsas, los retrató tirados por todos lados como a las tres de la mañana: hombres con sus mujeres cerca, niños que parecían padecer frío, ancianos que difícilmente dormían en suelo duro. Más bien parecían los cuerpos que quedan tirados después de una conflagración. Cuando la foto salió desplegada en un diario de Santo Domingo el caso de "Los quemados del Cerro" alborotó la conciencia nacional, si es que existía alguna. Nadie se ocupaba de ellos.

Aunque pocos lo supieron, el asunto se hizo noticia porque alguien halaba las cuerdas del poder: el doctor Mendoza llamó a sus enganches en los periódicos y canales de televisión. Los Espinal nunca sabrían, ni les importaría, si lo hacía por ayudarlos o por deshacerse de la carga que representaría alojarlos a ellos en sus cuartos de servicio. El bien tenía valor por sí mismo.

5

El viaje resultó más rápido de lo que Plinio pensaba. Ocho meses después de que lo propusieran aterrizaban a las siete y cuarto de la noche en el Kennedy. Llegaron a una fila donde esperaba otra gente igual de asustada, y se fueron moviendo, un paso a la vez, hasta la casilla donde una mujer gorda pegaba sellos, pinchaba teclas y dirigía a la gente. A ellos les tocó ir a un cuarto donde otras dos mujeres, en sus uniformes azules, les quitaron los sobres, las fotos para la residencia —que, según instrucciones precisas de la embajada, se tomaron previamente en ángulo de cuarentaicinco grados en que se enseñaba el lóbulo desnudo de una oreja. Les agarraron las manos como trapos que embarraron sobre una esponja negra para sustraerles las diez huellas digitales. Treinta dedos, uno por uno. Les devolvieron los pasaportes y los dejaron ir.

Por primera vez en sus vidas, se encontraron ante el armazón de unas escaleras eléctricas, y tuvieron miedo. Una subía y la otra bajaba, como dos hileras de dientes metálicos que se los querían tragar. Plinio le preguntó a Esteban —el nieto sin padre que nació de Carmela— si no las podían detener para caminar por ellas. Él se desbarató de risa. Luego, un poco avergonzado, les explicó que lo único que tenían que hacer era subirse sobre uno de los escalones y no moverse. Ramona se mareó y se agarró de Plinio, que pensó que la manera de mantener el balance era moverse a la misma velocidad que los escalones. Esteban se llevó la sorpresa de su vida cuando se le agarraron los zapatos con el borde superior, propulsándolo de frente.

Llegaba a su nueva vida de bruces.

Los que esperaban del otro lado armaron tal escándalo que provocó la aparición de dos policías en la salida número trece de American Airlines. Se abrazaban y se besaban y se tomaban fotos, y se volvían a abrazar y besar. Ramona lloraba, y Graciela lloraba, y Justina lloraba, y Carmela lloraba porque veía a las otras llorando. Los hombres se morían de la risa. Gerardo Macías, un taxista que era el novio de Justina, prendió una luz grandísima que cegó a varios, incluyendo a los policías, y se echó una cámara pesada al hombro para grabar el momento. Hizo que todos se pararan a sonreír como bobos mientras él se ponía en posiciones ridículas para ver si encontraba un ángulo en el que cupieran todos.

Ramona se puso tiesa, como si esperara que algo pestañara. Después preguntó que si ya, que si tomaron la foto, y todos los que la oyeron se rieron de que no supiera lo que era una cámara de vídeos. Un tipo preguntó, sin esperar respuesta de alguien en particular, que de qué campo sería esa gente tan azorada. Los policías perdieron la paciencia y les dijeron que se movieran, que obstruían el paso. Justina les pidió excusas en inglés y se fueron haciendo ruido hasta la salida, mientras cruzaban la calle y todo el camino hasta el estacionamiento.

6

Gerardo no grabó nada. Estuvo todo el tiempo creyéndose camarógrafo, sin entender las letras grandes y cuadradas que aparecían y desaparecían en su visor: *STANDBY STANDBY STANDBY STANDBY.* No le quitó la pausa a la cámara, una JVC que pesaba varias libras y que había comprado para impresionar a la familia. La mañana que la consiguió andaba por Fordham Road, rompiéndose los brazos para esquivar a la gente que cruzaba por donde quiera y a los carros de otros taxistas enfurecidos como él. Un par de minutos hacían la diferencia entre el pasajero que daba una buena propina y el que no. Acababa de pegarle un bocinazo espantoso a una mujer de caderas anchas que salió sin mirar desde el frente de un autobús de la ciudad, y estaba tirándole el carro encima, su Caprice marrón del tamaño de una lancha, a un Escort diminuto que fue a metérsele delante. Oyó la palabrota del otro chofer y le iba a contestar con la suya, cuando lo distrajeron un par de brazos, que se alzaban por sobre la muchedumbre en la acera.

Era experto viendo brazos, sobre todo cuando se preparaba para dejar en aquella esquina a otra pasajera, que en ese momento le había dicho que iba a mirar lavadoras a una tienda de electrodomésticos, aunque bien sabía que estaban fuera de su alcance. Las manos de estos brazos que divisó llevaban un bulto negro, del que salían unos cables. Y Gerardo, también experto en el mercado negro del Bronx, se interesó de una vez. Dio un tirón al volante y cruzó los tres carriles de tráfico, sin

inquietarse por los rebuznos de las bocinas de otros cho-
feres. Le cobró a su pasajera con una mano, mientras
sacaba la otra para dar unos golpes sobre el techo de su
Caprice marrón. Era la señal que el buhonero reconocía.
Gerardo le preguntó en su inglés paupérrimo: *whatchu
sell?*

El vendedor sacó los cables, sacó la casetera y
mostró la cámara. Le dijo que estaba nueva. Gerardo le
hizo una de las otras preguntas que sabía: *whatchu estial
from?* El otro se hizo el desentendido y pidió cincuenta
dólares. Veinte, dijo Gerardo. Cuarenta, refutó. Gerardo
sacó treinta. El vendedor se apresuró con una putería
increíble y puso el bulto en el asiento del pasajero. Vete,
vete, le dijo Gerardo, y salió zumbando, hasta dos o tres
esquinas más abajo.

Uno de esos católicos descoloridos que estudian
en Fordham University esperaba un taxi, y se subió al
Caprice. Gerardo bajó el volumen de su radio de doble
vía y se embaló para el Bronx River Parkway, camino al
Triboro, para ir a dejarlo en una de esas calles del Upper
West Side. Completaría ese flete, se guardaría el dinero
sin reportarlo a la base de taxis y volvería a las calles del
Bronx a tiempo para responder a su llamada de turno.
Estuvo entre carrera y carrera, siempre apresurado, hasta
las tres de la tarde, cuando calculó que, aprovechando el
respiro anterior a las horas pico, podía deslizarse en media hora hasta las aproximaciones de Chinatown. El plan
era que Domingo lo seguiría en su vehículo, un viejo
Impala pintado de verde guacamayo.

Se repartieron en los dos vehículos: Domingo iba con Graciela, Erasmo y Tobías. Carmela se iba con ellos también, pero Justina pidió que la acompañara en el vehículo de Gerardo. Toda la familia se enteró del tipo de chofer que era Gerardo cuando llegaron al Williamsburg y empezó a zigzaguear, manejando con la mano izquierda mientras gesticulaba. Contaba a Carmela lo buen nadador que era y las veces que salvó a gente que se la tragaba el Canal de Agua de Damajagua – no la Damajagua Adentro de los montes que ellos conocían, sino otra comarca de calles aplastadas que llevaba ese mismo nombre en la provincia de Valverde, y que él juraba era la primera Damajagua de América. "¡A mí me decían el peje!" gritaba a la vez que se deslizaba por el tráfico del puente sobre el East River inmenso. Detrás de él, Domingo se desbocaba en su vehículo para no perderlo de vista, aunque Gerardo no se daba cuenta, disparado como iba, rebasando todos los carros que se dejaban por la rampa del Brooklyn-Queens Expressway. Domingo casi se pasó de largo cuando Gerardo se lanzó de manera arrebatada a una salida hacia otra carretera que llevaba al aeropuerto, sin poner señales y sin permitir suficiente espacio para combatir el tráfico de los otros carriles. Domingo tuvo que atravesársele a un camión que casi les sacó las entrañas con el estruendo de sus bocinas.

El regreso fue peor, a pesar de que Domingo le pidió a Gerardo que manejara con calma. Gerardo arrancó por esos atajos que conocen los taxistas. Se salieron del Beltway para cruzar por Canarsie y casi todo Brooklyn, cortando camino hacia Manhattan.

En fin, los abandonó en las calles sucias de East New York.

Domingo maldijo varias veces. Sacaron un mapa viejo que ninguno entendía y se lo dieron a Esteban a ver si lo descifraba, mientras corrían en cualquier dirección. Domingo se metió en vía contraria por el Eastern Parkway y tuvo que meterse al paseo para no encontrarse de frente con la multitud de carros. La patrulla salió de la nada. A Domingo no le valió rogar ni explicar con palabras mal pronunciadas en un acento que parecía de procedencia rusa. El policía de facciones antillanas le devolvió una sonrisa y pidió todos los papeles —la licencia, el seguro, la registración. Silbaba algo para sí mismo cuando caminaba hasta su carro patrullero. Escribió tres multas: una por girar donde estaba prohibido, otra por meterse en vía contraria y la última por tener una de las luces del freno quemadas.

Para cuando Esteban descubrió, entre los rectángulos y rayas del mapa, en qué vecindario estaban no faltaba mucho para llegar. Domingo miró el reloj al entrar a Chinatown, tres horas después de salir del aeropuerto. Su enojo se convirtió en indignación cuando se enteró de que Gerardo iba a tal velocidad que Ramona se llenó de ansias. Sacó la cabeza para vomitar, justo cuando pasaban el Manhattan Bridge, y su plancha dental fue a parar al Río del Este.

La nueva vida parecía más concreta en la calle enladrillada de Brooklyn a la que fueron a parar. El arreglo de vivienda era una alianza entre Carmela y Justina. Se mudaron al sexto piso del único edificio residencial en Cook Street, una calle que perdió sus escamas de pavimento y mostraba los ladrillos sólidos de sus viejas entrañas.

Plinio padeció un ataque de tos cuando iba subiendo la primera vez por el cuarto piso. Se le apretó el pecho y escupió por todas las escaleras. Para cuando llegaron adonde vivirían, a él no le quedaban ganas de apreciar los muebles nuevos, ni las piyamas que guardaron para él, y mucho menos la vista de la única recámara a la curva donde los trenes jota, eme y zeta se retorcían sobre la calle Broadway. Cavilaron por las veredas de sus pensamientos esa primera noche. Cada vez que los trenes pasaban parecía que todas las almas desencarnadas se escapaban del mundo inmaterial, golpeando trozos de metales y desprendiendo chispas azules para espantar a los vivos.

7

No fue fácil conseguir aquel hogar entre los damnificados y oportunistas que buscaban beneficios del gobierno.
El doctor Mendoza persuadió a sus amigos de las emi-
soras para que realizaran un radiotón en beneficio de los
quemados del Cerro. Reunieron ropas, comidas enlatadas, juguetes para los niños y dinero. Las ropas, las comidas y los juguetes nunca aparecieron, pero   al menos
parte del dinero se depositó en una cuenta del gobierno
para los costos de construcción.

El ayuntamiento usó el dinero, en nombre del excelentísimo presidente de la república, para adquirir numerosas parcelas de tierra de un teniente retirado que
recibió los terrenos como remuneración de un gobernan-
te anterior. Tan pronto oyeron de las tierras, los damnificados se fueron para allá, dispuestos a dormir a la intemperie con tal de vigilar los trabajos. El ayuntamiento
llamó al destacamento de policía, porque una turba de
hombres acosaba a los trabajadores para que avanzaran
con la construcción de sus casas. Llegaron como siete
policías en dos Volkswagens, armados con sus revólve-
res de servicio y unas macanas pintadas de negro, pero
nadie los respetó. Hombres y mujeres salieron a tirarles
piedras, palos y lo que pudieran encontrar, y los policías
prefirieron irse cuando una de las piedras rompió uno de
los parabrisas. Tres días después regresaron, aunque solamente para supervisar a los trabajadores que erigían
una carpa, usando para ello unas lonas que les pertene-
cían a los militares de la brigada más cercana. Después

de todo, era preferible que los damnificados durmieran bajo supervisión del policía de turno que en los parques de la ciudad.

Graciela y Antonio acudieron al doctor Mendoza para mostrarle la edición de El Sol. Un artículo de cuatro párrafos, que aparecía sin firma, decía que el síndico municipal, en declaraciones ante la cámara de comercio local, dijo que no habría asomo de corrupción en las labores. Estipuló que la siguiente mañana irían inspectores del ayuntamiento para preparar una lista de todas las personas que se quedaban en la casa de campaña, y que solamente las familias que estuvieran allí recibirían viviendas al final de las obras. La orden, según el síndico, venía directamente del Palacio Nacional, que formuló el plan ante protestas de que varios militares estaban entre los supuestos beneficiarios de la caridad pública.

El doctor, sin decirles nada, se puso el auricular de su teléfono de disco entre el cuello y el hombro y marcó. Saludó con mucho cariño a una mujer que contestó y preguntó por el síndico. Hablaron de su último viaje para el torneo antillano de dominó, cuando el doctor ganó el tercer lugar y el síndico el quinto, y luego el doctor le dijo que sus sirvientes eran de los damnificados del Cerro. El doctor guardó silencio escuchando los comentarios del síndico al respecto y luego le dijo que ellos estaban muy preocupados por las declaraciones que leyeron en el periódico.

—Usted sabe, compadre —dijo el doctor—. Yo no voy a permitir que estos muchachos vayan a dormir en una casa de campaña, apretujados con tanta gente, si yo tengo cuartos de servicio aquí para ofrecerles, pero eso no quiere decir que no merezcan la ayuda.

El doctor asentía y decía que sí, ajá, claro, por supuesto, no hay problema, pues seguiremos hablando más adelante; si quiere, puede mantenerme al tanto de lo que suceda; yo admiro su rectitud en pos de esta ciudad nuestra, señor síndico; nos vemos en el club la semana que viene; adiós. Colgó y los miró con cara de satisfacción.

—Bueno, muchachos, no tienen nada de qué preocuparse. El síndico los va a poner en lista.

Antonio pidió permiso al doctor para irse a dormir a la casa de campaña, por si acaso, pero él le dio una negativa rotunda, y él no quiso contradecirle. Tuvo que adoptar otra estrategia.

Todos los días, después de bañar al perro, montaba una vieja bicicleta que antes perteneció a los jovencitos de la casa y se iba a ver el progreso de los trabajos. Se dio a conocer poco a poco entre la gente de la casa de campaña y a diario buscaba conversación con algún empleado o capataz que pudiera darle cualquier indicación. Vio como escarbaban las zapatas para las últimas casas en la parte alta de los terrenos y siguió con frecuencia a los camiones que llevaban materiales, ansioso de que llegaran con hojas de zinc para los techos.

Las entregas de materiales eran irregulares. Mientras algunas dos o tres casas estaban prácticamente terminadas, en espera de que las pintaran, las demás se encontraban en diferentes etapas: unas con paredes a medio hacer; otras sin varillaje en las columnas; unas con varillas pero sin techos; otras con techos pero sin puertas, pisos o persianas. La construcción básica era de una estructura de bloques, que no era más que un rectángulo estándar. Sobre la base se armaba un caballete triangular, hecho de madera barata, sobre el que se montaban las hojas de zinc corrugado. Las casas tenían dos puertas, una al frente y otra detrás y seis persianas de madera, dos de cada lado, una al frente y otra detrás. En su interior estaban divididas por una pared que corría por el mismo medio, con el lado derecho separado en otros compartimentos para hacer dos aposentos a los que no ponían puertas. La sala y el comedor eran en conjunto un cuadro pequeño, pero más diminuta era la cocina. No había baño ni letrina, porque la caridad del gobierno llegaba hasta un punto. Las casas tenían patios de diferentes tamaños y las separaban callejones estrechos e irregulares, demarcados por pequeñas zanjas. Algunas casas estaban en elevaciones y tenían escalones al frente, mientras que otras quedaban rodeadas de lodo cada vez que llovía.

Antonio se ganó a algunos de los albañiles, haciéndoles mandados. Iba a una fritura a buscarles cueritos de puerco con trozos de casabe y algunos hasta lo mandaban a sus casas con otros encargos. A cambio, entraba a la zona en construcción para echarle el ojo a las casas que le gustaban. Se enamoró de una a medio construir, elevada y de patio grande. Era casa de esquina y no el rectángulo típico que eran las demás. Tenía una curva redondeada que los constructores hicieron porque se les acabó la mezcla para la cuarta columna, pero que

le daba un corte distintivo. En el patio había un guaná-
bano que los constructores no talaron. Era la única casa
que no tenía número en el plano, llevando a que Antonio
sospechara que la guardaban para algún militar o maestro de construcción. Volvió adonde el doctor Mendoza,
para solicitarle que pidiera esa casa para ellos. Él le contestó, sin pestañear, que aceptara la casa que Dios man-
dara.

Los trabajos se detuvieron tras aguaceros torrenciales que acabaron por derrumbar una de las casas casi
por terminar. La gente en la casa de campaña estaba cada
vez más mojada e impaciente. Un grupo de hombres
acosó a Antonio una tarde de esas que pedaleaba por las
calles a medio hacer. Decían que era hijo del capataz y
que no tenía nada que buscar por esos lados. Lo invi-
taron con engaños a la casa de campaña, donde lo arrin-
conaron y lo interrogaron sobre los verdaderos planes
del gobierno. Cuando él les dijo que no sabía nada y juró
que era uno de los damnificados y esperaba vivienda
para su familia como ellos se alarmaron, suponiendo que
él era uno de muchos que no estaban sufriendo en la casa
de campaña y recibirían casas sin merecerlas. Algunos
contaron las casas en construcción y se dieron cuenta de
que no había suficientes y que por lo menos diez familias de las que estaban ahí se quedarían desalojadas, sin
contar los oportunistas que se beneficiaran de sus enganches en el gobierno. Los terrenos estaban comprome-
tidos a más gente de la que los necesitaba y la aritmética
no se equivocaba. Esa misma tarde los más aguerridos
de esos hombres sacaron sus machetes y palos y asusta-

ron al vigía del ayuntamiento, de manera que se fue sin protestar. Los primeros en aprovechar la situación rompieron las puertas de las pocas casas terminadas y metieron allí a sus familias. Al ver eso, salieron todos los otros de la gran carpa y en cuestión de un par de horas se ocuparon todas las viviendas, estuviesen o no sin terminar. Algunas casas se las disputaba más de una familia, ocupando sus distintos cuartos y diciendo que no se irían de allí por nada del mundo. Antonio vio como una de las familias más numerosas de uno de los líderes de esa revuelta se adueñaba de la casa que él quería para los suyos. Su regreso en bicicleta esa noche fue el más triste de todos, porque sus lágrimas de rabia se confundían con la lluvia. Llegó empapado a la casa de los Mendoza. Se tiró a llorar al lado de la casa del perro y el Lorenzo salió a acompañarlo. Lo encontraron, abrazado al animal, lamentando una y otra vez que se habían quedado sin casa.

8

Bastó una llamada para que el síndico ordenara al jefe de la policía que se metieran a los terrenos y sacaran a la gente de los pelos. Antonio llegó a tiempo para presenciar el desalojo. Vio cómo unos guardias de rifles largos empujaban a la gente, incluyendo a una mujer preñada que se abrazó al marco de una puerta sin que pudieran llevársela por las buenas. Uno de los guardias le sacó el aire con la culata de su eme dieciséis y otros dos la cargaron mientras luchaba por respirar.

El efecto que tuvo el incidente fue que se reiniciaran las labores, antes de que sucediera una desgracia. El síndico dijo en declaraciones a la prensa local que entregaría las llaves para la conmemoración de la restauración de la independencia. El doctor Mendoza le escribió una carta alabando sus dotes de político, dignos de un presidente, y le pidió al mismo Antonio que fuera a llevársela un lunes en la mañana.

Una sirvienta que se sacaba todas las cejas y se pintaba dos rayas ridículas en su lugar le dijo a Antonio que dejara la bicicleta en el callejón y lo llevó por un lado de la casa, ornamentada por un jardín de plantas colgantes. Le dijo que se sentara ante una mesa de cristal grueso y transparente por el que Antonio podía verse los tenis sucios de cordones deshilachados. El síndico salió con la corbata colgándole como bufanda, sobre ambos hombros, mientras terminaba de abotonarse la camisa a rayas azules y blancas. Era un hombre alto y flaco cuya calvicie incipiente dejaba un rastro de pelos sobre la parte superior de la cabeza. Saludó al muchacho sin palabras, tan solo con un gesto, que consistió en oprimir los labios y realizar una pequeña venia. Se sentó en otra de las tres sillas de metal. Hizo el nudo perfecto a su corbata en un dos por tres, y volvió a sonreír sin dejar de oprimir los labios.

La sirvienta regresó, gorda como antes, pero sonriente. Puso una bandeja, aparentemente de plata con dos tacitas vacías, unas cucharas muy pequeñas, y dos recipientes de la misma porcelana que las tazas. El síndico tomó uno de los recipientes y se sirvió café negro. Después sirvió en la otra taza. Tomó una cuchara minúscula y sacó azúcar que vertió en la tacita, siempre a punto de desbordarse. Batió el marrón oscuro del líquido y tomó un sorbo.

Antonio le dio la carta.

—Es para ti. Toma — le dijo el síndico. Apuntaba a la otra taza de café.

Antonio la tomó rápido para que no le temblaran las manos. No quiso endulzar el café, para no arriesgar que se le enredaran las manos y se fuera a voltear la taza. La vació de un buche. Sintió el trago amargo y caliente bajar y estacionarse en su barriga.

—Pues usted le comunica al doctor Mendoza —le dijo de repente el síndico— que se le agradece mucho la atención y que muchísimas gracias por el apoyo.

Antonio se puso de pie y se iba. Le latía fuerte el corazón. ¿Se lo decía o no se lo decía? El doctor Mendoza se podría enterar. Tal vez el síndico se molestaría y arruinaría todo. Pensó en mentir y usar el nombre del doctor, pero si el doctor hubiera querido decir algo más lo hubiera puesto en la carta. Pensó que el doctor tenía todo arreglado y esto de la carta era un formalismo. Daba tres o cuatro pasos hacia la puerta, cuando se detuvo. Descubrió que él síndico estudiaba sus pasos. Veía tal vez su ropa sucia o quería asegurarse de que no fuera a robarse nada.

— ¿Qué quieres, hijo?

Antonio encontró la solución a su dilema con un pensamiento rápido. Se metió las manos en los bolsillos y empezó a hablar. El síndico le pidió que elevara la voz, que no se le oía. Puso cara de humilde, que era la única que tenía, y prosiguió.

—El doctor no me mandó a decirle nada, pero yo quería darle las gracias a usté, en nombre de mi familia, y decirle que solamente Dios le pagará.

Viendo que la idea funcionaba exageró.

—Si no fuera por la ayuda de usté no tuviéramos donde caernos muertos.

—Gracias, pero no entiendo nada.

—Nosotros somos del Cerro.

El síndico cayó en cuenta del asunto de la casa, que el doctor Mendoza, muy correcto siempre, no le recordó para no molestarlo. Le pidió a Antonio que esperara y llamó a la sirvienta. Le pidió el jarrón de las llaves, que él mismo guardaba en casa para evitar cualquier alegato de corrupción entre sus subordinados. La señora volvió con un jarrón cristalino, que podía ser de una pecera. Estaba lleno de llaves de las que colgaban unos cartoncitos azules.

—Pues claro, le prometí al doctor que los pondría a ustedes en la lista y anoche mismo estuve revisando y vi que estaban en ella. Voy a buscarlos aquí para que le digas tú mismo la buena noticia.

El síndico escarbó entre las llaves.

Sacó varias y las apartó, hasta que encontró la que buscaba.

—Aquí está: Pedro Espinal. Tiene la casa cuatro de la calle dos.

Antonio le miraba perplejo.

— ¿Qué pasa, muchacho? ¿Por qué esa cara? ¿No te alegra la noticia?

—Señor síndico, mi papá se llama Plinio, no Pedro. Plinio Espinal.

El síndico se puso los lentes de lectura, que se sacó del bolsillo de la camisa, miró otra vez, se los volvió a quitar y sonrió incrédulo.

—No puede ser. Yo mismo escribí estos nombres: Pedro Espinal.

Llamó a su sirvienta otra vez.

—A ver, trae la lista.

Vació el jarrón sobre la mesa de hierros verdes y cubierta cristalina y recogió las llaves una por una. Miró por las ciento ocho llaves, sin encontrar la de Plinio. Buscó de nuevo, a ver si estaba en nombre de otro familiar, y nada. La sirvienta llegó con la lista. Allí constató que Pedro era otro y que Plinio también estaba en la lista, pero se encontraba entre los más de veinte solicitantes que se quedaban sin llaves.

—Dios mío, pero de la vergüenza que me has salvado tú, muchacho. Yo no puedo fallarle así al doctor después de darle mi palabra.

Sacó una llave, sin reparar cual, y se disponía a arrancar el papel, sin pensarlo dos veces.

Antonio se sintió más atrevido e intervino. Le dijo al síndico que el doctor Mendoza llamó antes a su secretaria en el ayuntamiento para solicitar una casa que tenía un poco más de patio y estaba en una esquina. El síndico le preguntó el número, pero Antonio no sabía cuál era.

— ¿Qué te parece si te envío ahora mismo con mi chofer para que le digas cuál casa es? Así no tenemos que molestar al doctor con eso.

Antonio buscó la manera de contener su emoción y asintió. Ese mediodía él se dio el lujo de apuntar a la casa del patio grande que tenía el gran árbol de guanábanas, la misma con la que había soñado. El chofer le preguntó al capataz, que no quería decir el número, hasta que amenazó con decirle al síndico. Así supieron que esa era la casa número trece.

9

Aquella mañana ventosa del dieciséis de agosto Antonio no sabía qué pensar. Él y Graciela fueron con sus padres y llegaron lo suficientemente temprano como para obtener asientos en la sexta fila. Cuando los otros expresaban dudas él les daba ánimo, diciéndoles que el síndico había arreglado todo y que la influencia del doctor era determinante, pero él mismo vacilaba cuando se ponía a considerar lo que podría pasar. Se acordaba de que ese mediodía el chofer lo llevó de regreso para que recogiera su bicicleta, pero en ningún momento vio al síndico arrancar la etiqueta a esa llave y cambiarla por otra con el nombre de Plinio Espinal. El chofer pudo olvidar el asunto después. El síndico era un hombre muy ocupado para tenerlos a ellos en cuenta. Debió tomar la casa que el síndico pondría a nombre de su padre ante sus ojos, en vez de ambicionar la que le parecía mejor. Se culparía para siempre si se quedaban sin vivienda.

Sin más recursos, Antonio se puso a rezar. Le pidió perdón al Padre, al Hijo, al Espíritu Santo, por los siglos de los siglos, amén; a la Virgen María; a la Virgen de la Altagracia; a la Virgen del Carmen (por si acaso eran distintas); a San Miguel; al arcángel Gabriel; a San Martín de Porres; a Santa Bárbara; y a cualquier otro santo que se le pudiera ocurrir.

Casi saltó de su silla cuando unos platillos estallaron. Era la banda de músicos del cuerpo de bomberos, que iniciaba la ceremonia con el himno nacional. Todos se pusieron de pie, cantando a voces desafinadas sobre el pueblo que intrépido y fuerte a la guerra a morir se lanzó y de la nación indómita y brava que si fuere mil veces esclava otras tantas ser libre sabrá. El maestro de construcción habló, alabando al ingeniero. El ingeniero dio su discurso, alabando al síndico. El párroco más cercano alabó a Dios y a sus intermediarios en la Tierra, al Papa Juan Pablo Segundo y a la Santa Iglesia Católica, apostólica y romana. El síndico ensalzó al Excelentísimo Señor Presidente de la república y recordó de paso la memoria de los héroes patrios que dieron todo para extirpar al extranjero invasor. Todos se sintieron bien de no ser los haitianos vencidos.

Llegó el momento de la entrega de las casas. El síndico se subió sobre una pequeña tarima y les recordó a todos que cumplía su promesa de entregar viviendas a los verdaderos damnificados del Cerro — todas las ciento ocho casas. Cuando dijo el número casi se precipitó un disturbio. Había más familias que eso y todos lo sabían. Empezaron a caerse sillas y la gente se acercó hasta que todos estaban arrimados encima de otros. Extendían los brazos llamando al "Señor Síndico" y pedían a gritos las llaves. Bastó con que los guardias dieran un culatazo a un pobre infeliz para que todos recularan a sus asientos a esperar a que se llamara a los afortunados. Con las primeras familias que el síndico llamó hubo júbilo y aplausos, pero la celebración se fue disolviendo, hasta que sólo se oía la voz del síndico y los gritos de celebración de los nuevos propietarios, incluyendo el del culatazo, que fue el quinto al quien llamaron y se puso de pie dando alabanzas al "Gran Poder de Dios" como si le hubiera dejado de doler el costado.

Graciela llevaba la cuenta de las casas, y le iba diciendo a los demás: Faltan ochenta; faltan setenta; faltan sesenta; faltan cincuenta. Entre las últimas cuarenta y treinta perdió el número y la compostura, y se paralizó al borde de las lágrimas. Uno de los nuevos propietarios, que era de los que se metieron a casas por la fuerza, les pasó por el lado y se rio, comentándole a otro, que esos, a los que apuntó con un gesto de su barbilla, nunca estuvieron en la casa de campaña. En la jarra quedaban doce, once, diez, nueve, ocho, siete, seis llaves, y se alborotaron otra vez las familias que quedaban. Los guardias dieron un par de culatazos más y el síndico amenazó que se iría con las llaves que quedaban. Cinco, cuatro, y Graciela empezó a gemir, Ramona a rezar en voz alta y Plinio a toser de nervios. A Antonio le temblaban las rodillas. La llave número tres fue la de Plinio Espinal, y se abrazaron, y se embarraron las caras de sus propios mocos y lágrimas y el síndico, mostrando una consideración que no exhibió con los otros, le dio un abrazo a Antonio y le deseo una buena y larga vida. Se fueron, caminando rápido, hasta la casa número trece, la del gran árbol de guanábana, la de escaleras, la que Antonio escogió. No bien llegaban y abrían la puerta se desató el desorden en la tarima y los guardaespaldas del síndico tuvieron que llevárselo casi cargado a su Cadillac negro. Los guardias y los policías competían a quien daba más macanazos. Llovían las piedras y los pegotes de lodo. Arrestaron a veinticuatro hombres, y cuatro mujeres, incluyendo una de más de ochenta años, y luego se dijo que por órdenes del síndico trasladaron a dos de los cabecillas a la capital para someterlos a juicio.

El síndico no llegó a terminar su discurso, y no dijo que bautizaba al nuevo vecindario como Ensanche Marién, en honor a uno de los cacicazgos de los taínos que una vez poblaron esas tierras. El nombre quedó así en papeles y en la tapa de una cloaca instalada a la entrada del barrio. El incidente del Cerro que propició su origen tomó precedencia en los relatos de los sobrevivientes, que no se dejaron robar la memoria por una designación oficial. Desde entonces, y hasta nuestros días, se conoce al barrio como Los Quemados nada más.

10

Nueva York no era la nueva vida que ansiaban los inmigrantes. Era la misma vida de antes, aunque se le encausara por carreteras que se arremolinaban como arterias inflamadas. Seguía siendo la existencia cruel, sin importar si los puentes que la conectaban eran grandes armazones de acero doblados por la voluntad y el ingenio: La indiferencia del vivir sobrepasaba a los edificios que se alzaban arrogantes sobre el hormiguero humano. Nueva York era algo disperso. Una serie de rectángulos de concreto seguía a otra serie de rectángulos de concreto. Unas calles llevaban a otras. Unas luces se confundían con otras, hasta que las de los astros nocturnos se perdían detrás de una gran costra roja. La ciudad no era solamente el diagrama de calles alineadas de Manhattan. La verdadera ciudad era otra, húmeda y empañada como los vagones del tren, cuyas ventanas se cubrían de una fina capa cada mañana: flores sintéticas que colectaban el rocío humano. Era el ruido fresco de millones de niños, que rebotaba de gruesas paredes y formaba un aullido. Era el zumbido enorme de los refrigeradores, de los acondicionadores de aire, de las aspiradoras, de los grifos abiertos, de los ascensores, de las puertas que se abrían y cerraban, de los pasos, de los autobuses públicos que al frenar emitían un chillido doloroso, de las bocinas que gemían, de las sirenas que se perdían en la lejanía, de los radios y televisores que transmitían la temperatura del día y del aleteo de las palomas nerviosas. Nueva York era el East River hediondo y los aviones que iban y venían. Nueva York era las paredes y el ímpetu por derribarlas.

La ciudad también era nueva. Se desintegraba cada medianoche y estaba lista para estrenarse con el sol de la siguiente mañana, cuando los restos de otro ciclo iban a pulverizarse, enterrarse, quebrarse... Los rascacielos se erguían insuficientes, cada mañana, en su afán de llegar a un cielo que no era más que atmósfera. Millones de bípedos recorrían esas calles; muchos por última vez, mientras otros estrenaban.

Domingo sí creía en la nueva vida. No quería que le llamaran Antonio sino Domingo Remesal, como decía en su *Resident Alien Card*. Era el nombre de su *Social Security*. No era que él se avergonzara de su pasado humilde, sino que vivía en un soterrado estado de temor. A veces ensayaba, entre los primeros gérmenes del sueño, la situación que temía y esbozaba sus planes de emergencia para escapar la aprehensión. Su racionalidad siempre lo defraudaba y terminaba convencido de que si lo encontraba el gobierno ese sería su fin. Pensaba que cualquier noche de esas oiría golpes estrepitosos en la puerta de su apartamento y que una voz autoritaria se identificaría como agente de inmigración, policía, investigador del FBI, o auditor del IRS. Vivía con la molestia de su falsa identidad.

Desde aquella tarde remota en que le dieron el pasaporte, se llamó Domingo, pero no fue hasta años después que buscó los restos de su otra identidad y los destruyó. Le arrancó las fotos a la cédula y el pasaporte. Tachó los nombres. Descalabró las libretas, página por página. Hizo una pequeña fogata en el fregadero y puso allí su acta de nacimiento. Cuando la alarma de incendios se disparó, se encaramó sobre una silla y sacudió con un trapo el detector de humo, que denunciaba con su pito a Antonio Espinal, borrando los trazos de su vida. Arrancó el artefacto de un jalón.

***

La calle era una serie desordenada de pavimento, cuadras y tiendas que se transfiguró gradualmente hasta que no guardó sino el nombre de los tiempos en que se escenificó en ella *Crossing Delancey*. Los judíos se fueron. Algunos se trasladaron a los caros edificios donde las asociaciones de inquilinos tenían nombres hebreos. Otros cruzaron el puente hasta Brooklyn y se adentraron en los enclaves urbanos de Williamsburg y Crown Heights, mientras que los más exitosos terminaron en el refugio suburbano de Great Neck, una península torcida de la dicen que tiene más semitas por milla cuadrada que cualquier otro vecindario americano.

Delancey se volvió una calle hispana, a excepción de la tienda de sombreros hasídicos que quedó como residuo nostálgico y los oftalmólogos irlandeses que se negaron a irse pero aprendieron español básico. *Tápese el ojo izquierdo. ¿Qué dice aquí? ¿Y en esta otra línea? ¿Cuál es mejor, este o este? Tápese el ojo derecho, por favor*, y se repetía el procedimiento hasta que uno salía estrenando la vista y descubriendo la porosidad de las aceras. Primero llegaron los cubanos y puertorriqueños y después los dominicanos, y uno que otro mexicano. Se mudaron al norte y al sur de Delancey, en esos apartamentos largos, de bañeras con patas y pasillos estrechos que en las horas de la tarde, ocultos en sus propias sombras, parecían cavernas. Desde el norte del Bowery hasta la boca del puente estaba el hormigueo constante de los vendedores ambulantes, las tiendas de electrodomésticos y de ropa, las fondas de comida y, en verano, el raspar de los piragüeros sobre sus enormes bloques de hielo. No faltaba el viejo gordo y malcriado que vendía bombas de ácido bórico para matar cucarachas, así como ratoneras de todo tipo y esos rollos de cinta adhesiva donde se pegaban las moscas y quedaban inmovilizadas hasta la muerte cruel. En el estanquillo se vendía el New York Times, el New York Post y el Daily News junto a El Vocero y El Nacional con una semana de atraso, y "el diario/La Prensa" que contaba a su manera los crímenes del día anterior —¡LA BELLA Y LA BESTIA! Mujer afroamericana de Bushwick mató a su marido por feo. Ver información en la página tres—. La joyería vendía medallones de Caridad del Cobre, el Sagrado Corazón, la Virgen de la Altagracia, Santa Bárbara y cruces en las cuales un Jesús de oro yacía lánguido —en una con el cuello para la derecha y en otra para la izquierda, o con el pie derecho sobre el izquierdo y en otra el izquierdo sobre el derecho, con los ojos cerrados y abiertos, con mucho y poco pelo, con y sin musculatura, en una cruz pequeñita y redonda, en una cruz grandísima y cuadrada— como un recordatorio inconsciente del sufrimiento y la muerte. Se encontraba por ahí, en las calles secundarias, una que otra botánica, con velas para todos los santos, mejunjes de la buena suerte, botellas de procedencias desconocidas que curaban todos los males, talco para el mal olor y agua de florida para espantar el mal de ojo.

No faltaba la tienda de música, con los personajes de la salsa, el merengue y la balada que anunciaban "Los grandes éxitos de..." y en la portada tenían el culo de una mujer en bikinis. Desde unas bocinas cuadradas, que eran cajones de madera cubiertos de pelusa gris, vociferaban los cantantes de moda, y sus bramidos cruzaban la calle de ocho carriles hasta disolverse en el espacio, como cualquier otra vibración que rebotaba de ventana en ventana. Las estaciones de los trenes, que iban al Midtown, a Brooklyn, al distrito comercial del Barrio Chino, hasta los trenes de Lexington Avenue que iban al Bronx y los expresos a Queens, pasaban por debajo de Delancey, estremeciendo las aceras y exhalando un aire viciado por las ventanillas sobre las que andaban los transeúntes. Al terminar la luz, quedaban colillas de cigarrillos, papeles dispersos, botes de basura rebosantes de helados derretidos y botellas de sodas sin terminar, pedazos de pizza, servilletas sucias y sobre todo moscas, muchas moscas endiabladas. La estación de tren, debajo, era un mundo de humedad por el que entraba y salía gente mientras algún ánima perdida se sacudía en convulsiones por el estimulante que emitían sus auriculares. Llegaba el tren, escandaloso, y arrastraba consigo la brisa que recogía al cruzar el puente, el agua vaporizada del Río del Este, un brazo de océano azul y agua de cloaca.

Y la calle se extendía sobre ese líquido revuelto, porque desde ella cruzaba hacia Brooklyn el Puente Williamsburg, esa enredadera de cuerdas y caballetes de acero que estaba en perpetuas reparaciones, como los seres vivos.

Esa era Delancey.

11

Ción mamá, dice Domingo, cómo le ha ido. Dios te bendiga, contesta ella y va a decir que bien, que con los mismos achaques de siempre. Ción papá. Que Dios te bendiga, dice Plinio. Marta saluda también. Cómo están ustedes. Bien y usted, contesta Ramona en nombre de todos. ¿Bien y ustedes? Marta deja la pregunta en el aire sin darse cuenta que se repite, pero a nadie le importa. Es un saludo nada más. Ción abuela, ción abuelo, dice Mariela la mayor de sus hijos. Ción abuela, ción abuelo, dice Bryan, el que le sigue en edad. Los abuelos le dicen Brayan, porque no pueden pronunciar bien su nombre. La chiquita, Camila, va a seguir de largo, porque forcejea con Bryan. Bésale la mano a tus abuelos, le reclama Domingo. Ción abuela, ción abuelo.

Qué Dios los bendiga a todos, vuelve a decir Ramona, hablando también por Plinio. Pasen por ahí y siéntensen, perdonen que todo está hecho un reguero, sigue diciendo ella. Que dónde están los otros, pregunta Domingo, y se sienta, y levanta un poco los muslos a la vez que se lleva la mano a la braqueta, aparentemente halando el elástico de los pantaloncillos. Justina se llevó a Esteban dizque a lavar ropa, dice Ramona. Eso es bueno, comenta Marta. Y Carmela bajó a la bodega, a comprar algo, explica Plinio, pero hace rato ya, así que debe estar al llegar. Que cómo se han sentido aquí, pregunta Marta. Ramona se apresura antes de que Plinio vaya a decir algo y dice que de maravilla, que no podrían estar mejor. Plinio como que va a decir algo, pero Domingo salta con un pensamiento inconexo.

Ay señores, pero qué calor hace tan temprano en la mañana, dice. No son ni las once, continúa, y ya tiene que estar a más de ochenta grados. Anoche se sentía como un horno y no pude dormir, eso era vuelta y vuelta en la cama y unos chorros de sudor, dice Plinio, exagerando un poco la nota. Pues yo no, le interrumpe otra vez su mujer, yo dormí que ni cuenta me di de nada, porque según me acosté amanecí cuando salió el sol tempranito, como un pajarito. Lo que pasa es que a ustedes hay que comprarles unos cuantos abanicos, dice Domingo. Allá tenemos cuatro abanicos de esos que se paran en pedestales y yo ni siquiera prendo el aire y los pongo los cuatro en la sala, o pongo dos en un cuarto y dos en otro cuando vamos a dormir, y a veces hasta me da frío y tengo que levantarme a apagarlos, dice él. No, pero a veces se pone que hay que usar el aire, le contradice Marta. Quién ha visto eso, dice él sin miramientos, si allá desde que tenemos esos abanicos de pedestales ya nadie pasa calor, porque lo que pasa es que el aire sale muy caro —cuando uno viene a ver la Con Edison le tira a uno un cobro de hasta trescientos dólares por usar el aire. Ah, pero jalan mucha luz entonces, dice Ramona. Demasiado caros salen, dice él. Lo que podemos hacer, sugiere de una vez, es que hoy mismo cuando vengan los otros bajamos a comprar unos abanicos para ponérselos aquí y ustedes duermen bien con eso, porque se refresca en la noche. Ay sí, dice Plinio, porque yo no *pude pegar los ojos, unos chorros de sudor, y se pasa la mano derecha por la sien, como para escurrírsela.*

Los muchachos están sentados en los muebles, con los brazos largos, esperando a que se distraigan un poco los adultos para ir a despeinarse y a ensuciar esas ropas brillosas y calientes que les pusieron para la misa mañanera. Bryan es el primero en protestar que le pica el cuello y Marta le desabotona ese último botón de la camisa que lo estaba ahorcando. El muchacho de una vez se ve más fresquecito, menos tieso.

Suena la cerradura de la puerta, alguien trata de meter una llave. Esa tiene que ser Carmela, dice Ramona. Efectivamente, es Carmela, que sostiene la puerta con un pie mientras recoge las bolsas del piso. Entra y las pone sobre la mesa. Cómo están ustedes les dice a la vez que se engancha el llavero en la pretina del pantalón y se mete las llaves en los bolsillos, sin mirarles bien la cara. Cómo está Carmela, le dice Domingo, bajando su voz y extendiendo los sonidos para imitar la voz de alguien que le grita el saludo desde una lejanía, como si él estuviera en un monte y la viera de lejos. Hace el gesto con la mano también, como si saludara a kilómetros de distancia. Sin hablar, ella va y le da la mano derecha, todos los dedos juntos, tensos, a cada uno, incluyendo a los muchachos. Cómo está, Cómo está, Cómo está, Cómo está, Cómo está. Plinio extiende la mano suya, jugando, pero cuando ella se acerca y casi lo saluda la quita. Sonríe. A Carmela le preocupa más meter los galones de Sunny Delight, que tanto le gustan a su hijo, y los litros de soda, que le gustan a los sobrinos, en la

nevera. Hace calor, dice. Sí, de eso estábamos hablan-
do, le cuenta Marta. Domingo le dice que irán a com-
prar abanicos esa misma tarde, cuando lleguen los otros
hombres. Ella dice que eso no es necesario, que ella los
compra. ¿Y para qué, pregunta él, haciéndose el chisto-
so, no somos todos hijos de Ramona y Plinio?

El Brayan ya anda por la cocina, pidiéndole soda
a su tía, desde atrás de la pared para que Domingo y
Marta no lo vean. Fue lo primero que le dijeron al salir,
que no fuera a estar de pedidón como si fuera un muerto
de hambre. Marta se da cuenta. Carmela, no me le dé
nada de beber, que ese es un antojado nada más, si
acabamos de venir de la casa y él comió su desayuno y
bebió soda antes de salir, le dice Marta. Dios mío, pun-
tualiza ella, el que lo ve piensa que no le dan de comer y
beber en su casa, pero es tan mañoso que allá no quiere
nada. Pero eso no es nada, dice Carmela, para eso fue
que compré la soda, mira tengo Coca Cola y sabor na-
ranja, cuál tú quieres, y de una vez destapa un litro de
Coke y vacía, glu, glu, glu, glu, glu, en un vaso, al que le
tira unos bloquecitos de hielo. Eso no le hace nada, re-
pite Carmela, que beba aquí lo que él quiera, que abra
la nevera si se le antoja algo, y se adelanta y le sirve de
una vez a las otras dos, que aunque no la pidieron no
protestan tampoco cuando reciben la soda efervescente.
Zzziiiiiiii ssscccssss, así suena la Coca Cola.

Cuélenle café a esta gente, ordena Plinio, muy
cómodo en el asiento solitario del juego de muebles. No,
no se pongan a eso, dice Marta, que hace calor, pero su
protesta no es muy enérgica ni convincente que diga-

mos, así que de todas maneras Ramona se pone de pie y busca la greca, pero Carmela se la quita de la mano. Deje eso doña, le dice, que yo lo hago. Váyase a hablar con la gente, le dice.

Suena el timbre. Carmela tiene que dejar la greca en la mesa y se va a abrir. Se asoma a la mirilla de la puerta. Todos guardan silencio. Son Erasmo y Zoraida, anuncia Carmela, y abre la puerta. Erasmo entra con un relajo desde que llega, se abraza de Carmela y empieza a dar brinquitos y repite cómo le va, cómo le va, cómo le va, cómo le va, en una voz chillona. Ella lo empuja con el antebrazo. Deja, que tengo que cerrar la puerta, le dice. Cómo está Carmela, le dice Zoraida. Con calor, le contesta ella. Ción mamá, ción papá. Qué Dios lo bendiga, dice esta vez Plinio, antes que Ramona, que todavía se ríe del relajo de Erasmo, cubriéndose con la mano la cara. Cómo están, le dice Marta a Erasmo y Zoraida. ¿Bien y usted? —responde Zoraida. ¿Bien y usted? —vuelve a preguntar Marta, circular otra vez con su saludo.

Ah, pues ustedes llegaron temprano, le dice Erasmo a Domingo. No había tráfico casi, porque yo aprendí a llegar por Los Sures en vez de coger a Broadway, dice Domingo. Hay muchas luces en Broadway, sigue contando, y no se ponen todas verdes al mismo tiempo, uno va parándose en casi todas las esquinas, pero por Sur Cinco es un tiro, ahí tú subes volando, hasta que llegas a Montrose y por ahí coges a Graham. Bueno, yo no me tengo que preocupar mucho de eso, porque el tren siempre es lo mismo, dice Erasmo, aunque los domingos es cada media hora que vienen, y hay que hacer transfer en Metropolitan porque el zeta, que es el que más pasa por allá, nada más llega hasta ahí y después uno tiene que cambiarse al eme o al jota. El jota es mejor porque va expreso y el otro se va parando en todas partes y dura muchísimo en cada parada, dice Zoraida. Yo se lo dije hoy a él —siguió ella— que cogiéramos el jota, pero él quiso subirse en el eme y cuando estábamos en una parada de esas pasó el jota por el lado y nos dejó botados.

¿Y sigue peligroso eso por ahí? —pregunta Marta. Jum, ¿qué si qué?— contesta Zoraida. Hoy mismo cuando íbamos al elevado venían un par de morenos ahí detrás de nosotros, haciendo muecas, dijo ella. Ah, pero era enamorados de ti que venían, así que no te hagas la loca ahora, dice Erasmo, que tú misma le estabas sonriendo mucho al flaco. ¡Jesús! —dice ella. Ni que fuera millonario le haría yo caso a un enclenque como ese, y hace un gesto de altanería, levantando el cuello y estirando un poco los labios en trompa. Esos dos, concluye ella, lo que querían era jolopearte otra vez. Ya te lo he dicho que deje de estarte poniendo oro, pero tú no haces caso, dijo ella.

¡Brayan! —grita Domingo, que tampoco sabe pronunciarle el nombre a su hijo. Deja de estar brincando que no estamos en el monte, le dice; si no, tú vas a ver lo que te va a pasar a ti.

Ellos no jolopean de día, dice Erasmo, además esta medallita es mi protección. Se la saca del polocher y le da un beso con la boca: Esta es la Virgen de la Al-

*tagracia y la noche que me jolopearon yo sentía la me-
dalla en el pecho, caliente ahí, y le rogué que no dejara
que me pasara nada, y ya tú ves los dos morenos me le
dieron un jalón a la cadena y se la llevaron, pero la
medallita se me cayó adentro de la camisa, y no me hicieron nada. Tú tuviste suerte, dice Zoraida, tú sabes
muy bien lo que ellos te iban a hacer. Oye, dice él, contando la historia otra vez, venía yo lo más campante bajando el elevado cuando se me cruzó ese brazo así y me
empezó a estrangular desde atrás, y yo me recuerdo que
sentí así el frío de la pistola en la sien. Yo dije "ya me
cagué". Zoraida lo interrumpe: Cuídate esa boca que
hay niños aquí. Como si ellos no supieran lo que es ca-
gar, dice otra vez. Pero, mira, me la pusieron en la sien,
apretando duro así, que cuando yo llegué al apartamento me fui a ver al espejo y tenía la marca ahí, redonda, la punta del barril de la pistola dibujado en la
sien. Y mientras uno me agarraba, encañonado así, el
otro me estaba metiendo las manos en todos los bolsillos, pero no me sacó la cartera, que yo no tenía casi
nada ahí, treinta dólares tal vez, pero yo andaba con el
Green Card y el Social Security eso hubiera sido un
problema si me llevan esos papeles, dice él.*

*Ay Dios mío y cuándo pasó eso, pregunta Ramo-
na. Hace tiempo ya, dice Erasmo, si yo lo que tenía era
como tres meses viviendo aquí y ya hace casi dos años
que yo vine, pero usted sabe uno no le iba a mandar a
decir eso a ustedes allá porque ustedes lo que iban a
hacer era preocuparse, y para qué, si todo salió bien no
hay que darle mente a eso. No, yo lo que te digo no es*

que le des mente, sino que no andes con joyería, dice Zoraida. No, yo la virgencita, especialmente después de eso no la dejo, reitera él. Bueno, interviene Domingo, yo le haría caso a Zoraida y me olvidaría de andar con cosas colgando en el cuello, porque recuérdate que Dios dijo "Ayúdate que yo te ayudaré". Uno no puede andar por ahí provocando a cuenta de que uno crea en Dios, sigue él —Tú puedes quitarte la medallita y llevarla en un bolsillo o en la cartera. Dejen eso, no se puede vivir con miedo, concluye Erasmo. Bueno, yo por lo menos no andaría con esos papeles en la cartera, dice Marta. No eso sí lo hice yo ya, yo lo que ando ahora es con una copia de la residencia, por si acaso, pero los originales yo los dejo en la casa, dice Erasmo. Sí, porque eso es un lío si hay que ir a sacarse otra residencia, porque tú quedas casi como ilegal hasta que ellos te crean que tú tienes visa, dice Domingo.

Sonó la puerta otra vez, y Erasmo aprovecha el tema: ¡Al piso! ¡Al piso! ¡Que nos van a jolopear! Y va y se tira al piso de la cocina para que el chiste funcione mejor. Cuando Justina aparece por la puerta, primero se espanta con ese cuerpo ahí tirado y después se ríe. Ah, no, ombe no, si yo creía que eran joloperos, y mira quién es, dice Erasmo, y pone cara de decepción. Todos se ríen. Vamos, ya quítate del medio, manganzón, que tengo que pasar, le dice Carmela, que iba a sacar las tazas de un gabinete. Justina entra, cargando los galones de Wisk, Tide y Downy, versiones extra strength, y una bolsita pequeña de ropa interior. Esteban viene detrás, derrengado, con dos bolsas gigantes de ropa, que tira al piso del pasillo. Pero bueno, muchacho, protesta Justina, trátame la ropa suave que se va a estrujar y yo ya la doblé. Oye, contesta él, tú sabes lo que pesa eso después de caminar diez minutos y subir cinco pisos de escalera. Ah, muchacho flojo, dice ella. Tienes que ponerte duro, sí, le dice Domingo de saludo, si quieres trabajar y ganar dinero aquí. ¿Y es fácil? Yo voy a estudiar, le contesta él y se va a sentar encima de su cama, que está en un lado de la sala, porque ya no cabía más nada en el único cuarto que tienen. Si tú piensas así vas a pasar trabajo, le recrimina Domingo, porque aquí hasta el que estudia tiene que fajarse. Esa es la diferencia aquí que tanto el pobre como el rico pueden echar para adelante si ponen de su parte, y hubiera seguido Domingo con su charla si no es porque Esteban, que no quiere escucharla, coge el control remoto y prende la televisión y pone el Cuarentisiete, donde dan a Santo Domingo Invita. Sergio Vargas, con la cara maquillada, canta una cuestión sinsentido de mujeres vampiras que no tienen ombligos. Plinio se queja, que baje eso le dice: Este muchacho no puede estar si no es con el cajón ese, desde que llega lo prende y ahí se pasa el día entero con la boca abierta viendo televisión. Esa hubiera sido otra conversación, de no haber sido porque a Domingo le gusta el programa. Yo no sabía que daban a Santo Domingo Invita todavía, dice, porque siempre lo estaban cambiando de hora y de canal hasta que yo dejé de buscarlo. Sí, pero esto es cosa vieja, dice Esteban. Este merengue estaba pegado hace meses, cuando estábamos allá y ahora es que está sonando aquí y ellos poniendo el video como si fuera nuevo, dice. Es que ellos lo repiten a veces, dice Zoraida, porque yo lo había visto antes este mismo programa.

Carmela llega con las tazas de café en una bandeja niquelada. Me serviste mucho, dice Domingo, pero coge la taza y se bebe el primer sorbo de una vez. Que si está bueno de dulce, pregunta Carmela. Sí, yo me lo bebo así, dice Domingo, aunque yo estoy que casi me lo bebo amargo ya; dicen que no es bueno beber mucha azúcar, que le da diabetes a uno y después tienen que mocharle una pierna. Mariela se le sienta al lado a Esteban, a ver la tele. "Do you know how to dance that stuff?" Que si yo sé bailar merengue, claro que sí, yo soy dominicano, le contesta él, y repite: "of course," quién no sabe. "I don't know," dice ella. Ah, pues te vamos a enseñar ahora mismo, salta Erasmo, que supuestamente no sabe inglés pero capta perfectamente la conversación, y la jala de la cama y empieza a dar brinquitos con ella. Y los otros empiezan a aplaudir, rítmicamente, hasta que haciendo musarañas fueron a parar los dos al piso. Erasmo siempre con sus relajos. Deja la muchacha tranquila, dice Zoraida, no ves que la vas a ensuciar.

Siempre de loco viejo, se dice Plinio en voz baja. Que baje eso muchacho, le vuelve a decir el viejo a Esteban. Pero no ve que lo están viendo, protesta Esteban. Sí bueno, don Plinio —como le llama Carmela a su propio padre— déjelo que vea televisión por lo menos que él no tiene nada que hacer. Por eso es que él está así, que no hace caso, siempre engriéndolo, dice Plinio, re-

sabioso. ¿Y ahora, qué yo hice? —protesta el mucha-cho, burlón. Ya van a empezar ustedes con el tira y jala, los interrumpe Ramona. Tienen que entenderse, dice Domingo, porque eso de vivir peleando no sirve y uste-des viven juntos aquí, así que nada sacan de refunfuñar. Pero es él que empieza, dice Esteban. Hay que entender a la gente mayor también, dice Domingo; es la edad y el calor que lo pone así. Yo no me pongo a hablarle mal a él cuando hace calor, contesta Esteban. Sí, pero si tú no le respondes la cosa queda mejor, le dice Domingo. Bueno, yo lo que sé es que a nadie le gusta quedarse dado, responde Esteban. Y usted, sigue Domingo, tiene que aprender a tener más paciencia y hablarle mejor para que no pase esto. Plinio asiente como si él fuera el hijo y no el padre.

Suena el timbre. Llegan Graciela, Rogelio y De-lancey. Ción mamá, ción papá y todos los saludos. Gra-ciela insiste en darle un beso a todos los que están ahí. Un olor de perfume llena la sala. Es ella que lo trae puesto. Vuelve el tema del calor. Jesús santísimo, dice Rogelio, eso está hirviendo en la calle. Nadie lo secunda porque ya todos están cansados del tema. Mariela le está contando a Delancey lo del baile y se ríen. Graciela se acerca a Ramona, le ajusta el vestido amarillo que lleva puesto. Hay que comprarle ropa a usted, dice y le pregunta que por qué no le dejó esa ropa vieja a su hermana allá en el campo, que aquí le comprarían de todo. Ella misma viste un conjunto de falda y saco de un azul muy clarito y en tono pastel sobre su blusa blanca, que parece casi verde y la hace ver inmaculada, limpia.

La ropa se consigue barata aquí, dice. En esta misma calle donde ustedes viven hay un Conway donde deben tener vestidos de esos que usted usa, le explica Graciela. Pero no crea, dice Justina, que no es tan fácil comprar para mamá porque a ella nada más le gustan esos vestidos de dos piezas. Ah no, a mí no me gusta ponerme esas musarañas que se pone la gente ahora para andar con el cuerpo pintado, dice Ramona; eso no se veía antes. Doña, le dice Carmela, pero usted debería empezar a ponerse pantalones ya, que estamos en América. Todos se ríen.

En América hemos estado siempre, aclara Esteban, que empieza de una vez a darles una clase de geografía y explicar que Estados Unidos no es América, como de seguro le dijeron en la escuela, pero nadie le hace caso. Domingo lo interrumpe: Pero no es necesario que ella se ponga ropa que no se quiere poner, estando en un país donde hay de todo para todos los gustos y colores. Sí, dice Marta, en Broadway, pero en el Broadway de Manhattan, yo he visto lugares donde tienen esos vestidos que ella usa. Graciela le pregunta que adónde para ella ir a buscarle algo. En vez de ir a las tiendas regulares, dice Marta, tienes que entrar a los malls, por ahí por LaFayette en downtown, donde hay muchas tiendas en un solo lugar, porque por ahí en Broadway esos negocios son de hindúes que venden esos vestidos de dos piezas, estampados y sin estampar. Pero eso de ramos ya no se usa, dice Graciela, autoritaria en esos asuntos de la moda. Nada más tienes que ver esas modelos de Sábado Gigante, que ya no se ponen esas telas muy decoradas, explica un poco más.

Al que hay comprarle es al viejo Plinio, dice Carmela desde la cocina, mírenle los pies. Plinio levanta un poco los pies y todos descubren que lleva puestas las zapatillas viejas, tipo sandalias, que él prefería para recorrer las calles del barrio. ¿Y para qué usted se trajo eso para acá? —protesta Graciela. Y un sicote que tienen, dice Carmela, otra vez desde la cocina, que anoche yo tuve que levantarme y moverlas para la cocina porque el olor no me dejaba dormir. Plinio se enoja: No seas mentirosa que es la goma que huele así, yo no tengo sicote. Sea lo que sea hay que deshacerse de esas zapatillas porque huelen a puro animal muerto, insiste Carmela. Yo se lo dije a él, que se las diera al quinielero antes de venir, pero él no quiso, dice Ramona.

Las mujeres se van a la cocina y se quedan los hombres en la sala, más Delancey y Mariela que están sentadas en la cama, hablándose inglés. Yo no puedo creer que ustedes no trajeron cerveza, dice Erasmo. Bebe café, le dice Plinio, y deja esa agua amarga, que eso no es bueno. Hace mucho calor, dice Erasmo. Yo no traje porque de aquí a que yo llegara de Manhattan se iban a calentar, dice Domingo. Eso no es nada, dice Erasmo, se hubieran puesto en la nevera aquí. Eso no sirve, cuando una cerveza se calienta y se vuelve a enfriar, pierde el sabor, dice Rogelio, sabe a meado. Pero por qué no la compramos ahora, dice Domingo. Erasmo le pregunta a Esteban si sabe dónde hay una bodega por ahí. Él dice que sí, que a cuatro cuadras, por la esquina con Montrose. Erasmo se mete la mano en los bolsillos y saca un veinte: trae dos paquetes de cerveza. De cuál, pregunta Esteban. Erasmo piensa, agobiado por las opciones. Bueno, dice finalmente, yo bebo de todo, pero a Tobías nada más le gusta la Becks, a él le coge con las cervezas por tiempo, a mí me gusta la Budweiser. No, eso sabe a agua de cuneta, dice Domingo, yo la que bebo es Heineken. Rogelio no opina para no tomar partido. Terminan dándole algo más para que compre tres paquetes: uno de Budweiser, uno de Heineken y otro de Becks.

"Can I go, dad?" —pregunta Mariela. Él le asiente que sí. Delancey le dice a Graciela que va también. Ella ni caso le hace. El Brayan y Camila corren a pedir permiso también, y Domingo les dice rotundamente que no. Brayan se pone a llorar ahí mismo, con un chillido agudo y continuo, como el de un radio que busca sintonía de emisora, y el sonido le molesta a todos instantáneamente. Coño, dice Erasmo, y adónde fue que ese muchacho aprendió a llorar así. Déjalo que siga, que le voy a partir la boca, dice Domingo, y el muchacho apaga su radio y se calla de una vez. Los tres más grandes cierran de un portazo y se les oye correr como potros escalera abajo. Justina, qué tú crees, el Esteban no se va a perder de aquí a la bodega —pregunta Domingo. No, él no se va a perder, si ya él fue a Manhattan solo el otro día. Él dice que se atreve a llegar a Macy's sin ayuda, dice Carmela, orgullosa. Se ha dado inteligente entonces, dice Domingo, porque aquí hay gente que tiene años y no sabe ir más que al trabajo. Yo soy

*así, dice Carmela, yo he ido a la treintaicuatro, pero
ando asustada por ahí, porque hay muchas paradas de
tren de la treintaicuatro y un día yo me metí en la que no
era y yo creía que el tren iba para Delancey, pero me
llevó para otro lado de Brooklyn.*

*Tin-tín, suena el timbre otra vez. Esta vez Justina
se apresura y abre la puerta. Es Tobías y su esposa
Alexa, y los dos varones que tienen, Tobías hijo, al que
todos le dicen Junior, y Nicholas, pero todos le dicen
Nico. Hola Justina, dice Alexa, la primera en entrar.
Hola Alexa, cómo te ha ido. Alexa apunta a la barrigota
de su tercer embarazo: Ay, que no puedo respirar subiendo tanta escalera, dice; ustedes se mudaron demasiado alto y sin elevador. Se dan un beso. Luego más
besos a los dos muchachos y a Tobías que entra de último, cargando una caja con la que apenas puede. Cómo
están todos, dice al entrar, ción mamá, ción papá. Los
viejos le echan la bendición, varios responden que bien,
que qué es esa caja. Cervezas, dice él. Ay, pero si man-
daron a comprar ahora mismo, dice Justina. No importa, dice Erasmo, nos las bebemos todas. Que se joda
todo, dice, mañana nos toca día de fiesta. Yo me voy a
beber una sola, dice Domingo, porque yo ando manejando. Eso no es problema, dice Tobías, lo único que
tienes que hacer es mascarte un chicle cuando te subas
en el carro y si un policía te para no va a oler la cerveza. ¿Y qué trajiste?— pregunta Erasmo, abriendo la
caja. Ahí hay de todo, dice Tobías, yo le dije al bodeguero que me diera tres partes iguales de Becks, Budweiser y Heineken para que todos puedan beber, pero*

hay que ponerlas en la nevera porque se calentaron de camino acá. ¿No me digas que tú viniste en el tren con esa caja? —pregunta Justina. Ay Dios mío, si tú supieras, dice Alexa, yo venía con una vergüenza porque ese botellerío venía sonando todo el camino y la caja empezó a liquear por el calor y eso se pegó en el asiento y la gente nada más se quedaba mirando. ¿Y tú sabes lo que tuvo que hacer? Se desfondó la caja cuando se bajó del tren y cayó una botella y se rompió y tuve yo que quedarme ahí cuidando las cervezas en lo que él bajaba a buscar otra caja para ponerlas, y tuvo que pagar un token otra vez para volver a subir. Pero lo peor, continúo Alexa, es que tuvimos que sacar una por una las botellas y pasarlas a la otra caja y todo el mundo mirando; hasta un moreno vino y preguntó si era vendiéndolas que estábamos. Los hombres se ríen con la historia. Yo le regalé una Budweiser, dice Tobías, porque me dijo que esa era la que le gustaba y se fue contento por ahí con su botella. Mientras hablan, Erasmo se encarga de meter las botellas en todos los recovecos de la nevera, incluyendo el fríser.

Tin-tín, suena el timbre otra vez. Justina va a la puerta de nuevo: Ah, son los muchachos que llegaron de la bodega. Vienen abrazados a las botellas, porque echaron una carrera escalera arriba a ver quién llegaba primero. Se pelean por entrar primero y Esteban gana —Les da un empujón a las dos muchachas que casi se caen con todo y botellas. Pero bueno, muchacho, compórtate, que ya tú eres casi un hombre, le dice Justina. Entran los tres y ponen las botellas sobre la mesa. Ya no caben más en la nevera. Bueno, dice Erasmo, vengan a beber antes de que se calienten porque ya no hay dónde ponerlas. Le destapa una a cada uno, incluyendo una cuarta que Marta no quiere, Zoraida tampoco y Alexa mucho menos. Pero tú no ves que estoy embarazada, le dice Alexa. Eso no es nada, le dice Erasmo, sosteniéndole la botella casi en la cara, para que ese muchacho salga fuerte. Dámela a mí, dice Esteban. Mira, muchacho, no seas afrontado, protesta Carmela, pero él ya se está bajando el primer trago. Los hombres se ríen y lo alaban para que beba más, a ver qué pasa. Erasmo se voltea y le dice a Tobías, tú vas a ver qué jumo le vamos a dar a este hoy. Esteban se va para el cuarto con su botella, donde están todos los primos. El Brayan y el Junior forcejean por el gusto y Nico está sentado con la boca abierta, viendo a las dos muchachas que se comparan la longitud de las uñas. Esteban pone la botella a un lado y se pone a forcejear con Brayan y Junior, que están mucho más pequeños, y termina derribándolos al piso. Los otros dos se ríen, aunque les dolió. Él va y se pega otro trago de cerveza, sin darse cuenta de que Erasmo lo vigila desde la sala. Cuando acabe con esa, le voy a pasar otra de una vez, dice Erasmo. No, no hagas eso, que le puede hacer daño, dice Ramona. Ponte a tener hijos tú para que los emborraches, le dice Carmela desde la cocina, no vengas a joder con el mío. Ese es hijo de todos nosotros, dice Erasmo, y ella se queda callada.

Suena la puerta, otra vez. Esta vez se le da el gusto a Justina: Es su novio, Gerardo. Oye, y por qué tú siempre eres el último en llegar, se oyó decirle. Buenas tardes, anunció él, y fue dándole la mano uno por uno a los que estaban ahí. A los viejos los abrazó. Mire Gerardo, cójase una fría de una vez, le dijo Domingo, que con solamente una Heineken en la cabeza estaba más suelto que de costumbre. No gracias, yo vengo de comer ahora mismo, dice Gerardo. Pero Erasmo no espera y ya le ha destapado una Budweiser. Bébasela y no le dé mente a eso, le dice Erasmo. Gerardo la acepta y siente que lo aceptan al mismo tiempo. Justina se sienta a su lado, casi encima de él y le agarra la mano izquierda, metiéndola entre las suyas. La llegada de Gerardo le sirve de excusa para dejarle los quehaceres de la cocina a Carmela, que acaba de picar unas ocho manzanas para brindarlas en bandeja. Camila, que le estaba ayudando en la cocina, la sigue con unas galletitas saladas y pedacitos de queso atravesados por palillos.

Esteban forcejeaba con Delancey y Mariela en el cuarto, tirándolas sobre la cama en movidas de lucha libre. Los otros varones se correteaban y perseguían por turnos, saltando sobre las camas y la ropa recién lavada que Justina dejó mal puesta. Erasmo puso una cinta de bachatas que no sonaba muy bien. Las mujeres —con excepción de Justina que no soltaba al novio por nada del mundo— hablaban de cortinas, porque el apartamento todavía no tenía ninguna y Carmela explicaba que era una lucha ponerse la ropa todas las mañanas entre los espacios, donde nadie espiara su cuerpo desde el edificio al cruzar la calle. Plinio enumeraba todos sus achaques. Ramona captaba se había quedado en silen-

cio y captaba todo en un instante: su familia reunida al fin.

El regreso

La idea de poner bodega fue de Tobías, cansado como estaba de brillar pisos, desarmar y armar lámparas y darle champú a alfombras. Empezó a hablar de negocios en una de las acostumbradas reuniones familiares, pero los demás descartaron de una vez el asunto, porque era muy peligroso, costaba mucho y requería demasiado esfuerzo.

"¿Quién quiere dinero así?" preguntó Alexa.

Ella, que estaba recién parida, casi perdió las suturas vaginales —dos puntos que le dieron para que saliera la cabeza hidrocefálica de Tauro, el tercer varón— porque le causó risa imaginárselo detrás de un mostrador.

Tobías no era un tipo de mostrador. Tenía una colección de pantalones Dockers, camisas Perry Ellis, camisetas GAP, pantaloncillos Calvin Klein y, por alguna razón que sus hermanos no entendían, no se ponía tenis. Usaba zapatos hasta para trabajar. Era miope, pensaba tal vez porque en los primeros años de adulto leyó demasiado la Biblia. Usaba lentes Ray-Ban nada más. Hasta sus uniformes, unos pantalones marrones con cintura de elástico y camisas cremosas, los portaba bien lavados y planchados. En resumen, era el barredor mejor vestido del Waldorf.

Aparte de esas maquinaciones, Tobías no sabía nada de bodegas, más que ahí era que él compraba los cinco o seis paquetes de Becks que consumía a la semana, porque además era un tipo muy afable al que le gustaba entretener visitas. La cortesía, para él, era una extensión natural de la religión católica, que ya no practicaba pero que estaba irremediablemente prendida a su personalidad. Su sonrisa amable, su disimulo de interés en lo que lo demás tenían que decir y todos los acomodos que les brindaba a la gente que conocía le ganaron fácilmente a la familia de su esposa, hasta el punto de que expresaban más afecto por él que por ella. Era todo Tobías para acá y Tobías para allá, especialmente por la excelente razón que tenían sus siete cuñadas: era el mejor bailador que conocían, y el único dispuesto a bailarlas a ellas, mujeres enfrascadas en una lucha irremediable contra la gordura y la vejez.

Su gracia consistía en que con cada mujer —y se podría decir que eran casi todas las cuñadas, primas y sobrinas, incluso la suegra— bailaba de manera distinta. No era como los otros hombres que daban vueltecitas rutinarias para salir del paso. Él se adaptaba, haciéndola sentir, a quien fuera que fuese la de turno, como la mejor bailadora. Alexa no se quedaba atrás. Él siempre guardaba el último merengue para ella; no tanto porque quisiera complacerla, sino porque juntos se lucían. Irremediablemente, eran exhibicionistas, como lo sería cualquiera que pudiera arremolinarse en un merengue rabioso, sin tropezar y sin marearse.

Se casaron en La Caoba, otro hoyo entre las montañas septentrionales donde vivían más sobrevivientes de la deforestación de otras décadas. Allí se encontraba la familia de Alexa, sin duda la más prominente de ese lugar por su temprana conexión a los bienes de Nueva York — y hasta allá fue Tobías a conocerla, dispuesto de antemano, sin saber cómo era ella, a casarse de una vez. Lo movía el interés, que era la otra mitad de cualquier matrimonio, y el amor vendría después. Se lo dijo el amigo que lo llevó por esos rumbos: "Hermano, déjate de vainas, que esa gente viaja y así te haces de una muchacha de buena familia y un futuro al mismo tiempo, que en este barrio estamos quedados, aquí no hay progreso".

Cuando decidió conocerla, se fue a la Barbería el Fígaro en la ciudad, para que un peluquero que estaba pasado de peso le recortara en los lados y le redondeara las esquinas, dándole forma a las patillas y al bigote ligero, hasta que parecía un cantante de esos en las carátulas de discos extranjeros. Pasó por una repostería y compró un pastel con trocitos de piña. Le pidió a Erasmo que le prestara su motocicleta saltamontes y a eso de las doce y media de una tarde sabatina salió del barrio oliendo a Paco Rabanne, o por lo menos a la imitación que compró en la Calle del Sol. Regaló el pastel a los viejos y todos supieron porque iba. A Alexa le cayó en gracia su look de oficinista y olor de imitación francesa, antes de que le dijera palabras suaves sobre el amor a primera vista, que era algo que ella consideraba solamente existía en las telenovelas mexicanas. No hubo beso ni nada por el estilo, pero hubo una confesión que él no esperaba.

Estaban de pie en la terraza que le daba la vuelta a la casa, que era la más grande de la Caoba y tenía vistas al campo por todos los lados. Ella miraba en ese momento hacia la colina que se levantaba al frente, donde unos chivos masticaban yerba con toda la paciencia del mundo. Le dijo: "A veces, uno comete errores en la vida, porque uno no sabe, y después lo paga todo caro, porque la gente no entiende eso. Si a una muchacha como yo la engaña un hombre ya todo el mundo piensa que es una mujer fácil, que no vale nada."

Él se sintió sabio, y hasta sincero, al decir que todos cometemos errores en la vida.

— ¿Tú quisieras una mujer que haya sido de otro hombre?

—Depende.

— ¿De qué?

—De si ella me quiere de verdad.

En la siguiente visita se besaron y en la tercera visita él se la llevó a bailar, pero nadie que los conociera vio ese primer remolino en que acabó de explotarles adentro una pasión que él consideró como la llegada inesperada del amor en el que tampoco creía.

Pronto hubo boda. Hubo lechón, guinea salcochada, asopao, aguacates, casabe, cerveza Presidente y ron extra viejo. Hubo conjunto típico y los novios arrancaron al primer baile, con un pambiche que inició la noche fresca: *Dominicanita, orgullo del país; dominicani-ta, orgullo del país, es por tu dulzura vidita, que te canto a ti; es por tu dulzura, vidita, que te canto a ti. Ay, dime mi amorcito, manzanita de oro; dime mi amorcito, ay, manzanita de oro, quién te quiere más de lo que yo te adoro, quién te quiere más de lo que yo te adoro.*

Todos abrieron espacio y les hicieron una ronda. Ahí fue que doña Mercedes, la madre de Alexa, dijo que dos gentes que bailaran así tienen que ser felices para siempre.

Era cuatro de julio bajo el firmamento resplandeciente de un Manhattan festivo. Esteban y Delancey subieron hasta el rellano que quedaba entre el sexto nivel y el final de la escalera. Alcanzaron una escalerilla de metal arrimada a la pared y treparon dos escalas para empujar una compuerta. Esteban sujetó a Delancey por el asidero estrecho de su cintura, abarcando casi toda su circunferencia, y la levantó unas pulgadas para que se sujetara y subiera. Él se trepó después, porque ella no podía con la compuerta, y presionando su cuerpo contra el de Delancey, los dos suspendidos en la escalerilla, la abrió de un empellón. Les cayó polvo en la cara, humedeciéndoles los ojos y pegándose a sus labios.

Emergieron a ese otro mundo: una tierra desolada de concreto, caucho derretido, asfalto seco, una que otra antena en uso y desuso, materiales de construcción abandonados a la intemperie, y conductos de hojalata que por su forma redonda y puntiaguda simulaban proyectiles. Todas las elevaciones de la ciudad se presentaban como lápidas de un gran camposanto urbano. Él salió primero, y volvió a estrecharla por la cintura hasta bajarla del montículo.

Esteban contrajo sus músculos, la levantó por las mismas caderas y se negó a soltarla, suspendiéndola sobre la negritud del techo. Ella le tiraba patadas a los cojones. *Let me down! Let me down! Come on!* Finalmente, la soltó y ella le agarró los granos de todas maneras, pero no con la intensidad de un golpe, sino con curiosa temeridad.

Ella huyó en el ir y venir de la provocación, y él la siguió; ya verás cómo te las exprimo, le decía. Y ella se encogió de espaldas, contra el montículo de la compuerta, cerca del tragaluz. Se reía a carcajadas mientras él luchaba por desenroscarla. Se les rebozaron los poros de un sudor tenue. Él seguía, entre agresivo y delicado. Los primos se exprimen, le dijo. No puedes, *you never will, I won't let you*, le decía ella. Lo empujaba con las nalgas carnosas. Él se vertía tembloroso y olvidaba qué buscaba.

Sonaron los tiros, *¡shhhhh! ¡pau! ¡pau! ¡pah! ¡pah! ¡pah!, ¡fiiiiiuuu! ¡pam! ¡pam! ¡pam!* — para ellos, los primeros de la noche. Puntos de luz perforaban la bóveda del laberinto urbano, más allá de las luces estacionarias de los postes. Suéltame, dijo ella, y él la soltó.

Se asomaron a la orilla del techo, una tregua necesaria: Los fuegos artificiales de la noche de independencia eran impresionantes, pero a la vez podrían interpretarse como uno de los espectáculos más tristes. Se elevaban lumínicos, para, una vez en su cúspide, partirse en mil pedazos y disolverse en el aire. Había estallidos que, irónicamente, parecían flores; otros el símbolo arbitrario de un corazón, o derrames de chispas y cenizas que simulaban, tal vez, los suaves giros de una palmera. A mucha gente le gustaba ese ruidoso exterminio, la forma ilusoria, la guerra simulada, representación de muchas guerras, o de la única guerra que embarga desde siempre al mundo: Era el ser humano declarándose independiente del ser humano. El himno nacional sonaba a lo lejos, amplificado por los altavoces de algún televisor.

Nada de eso importaba a ellos, porque para entonces estaban atados en un beso. Se descubrieron como las bellas criaturas que eran y se desearon. No hubo palabras, sino una pasión que bordeaba en desahogo, sobre todo por ser pecado. No pasó el tiempo, porque nada fuera de ellos sucedía, sino que todo se sobreponía a la proximidad de sus cuerpos, deseosos de algo más. Delancey despegó sus labios carnosos de los de Esteban, suspiró y alejó su cuerpo largo, mirando hacia las rosas de fuego que parecían más lejanas que antes. El tiempo volvía a la realidad, se volvía la realidad misma, poco a poco, como la vergüenza. *We should go back*, dijo, "mi mamá solamente dijo que un ratito, *you know*".

Aquella noche fue un secreto. Lo que sucedió en el techo no debía repetirse ni hablarse.

Todo el verano hizo un calor maldito. Los trenes jota, eme y zeta no dejaban de rasguñar los rieles a todas horas, inmiscuyéndose hasta en las más insignificantes de las conversaciones domésticas. El baño era estrecho y la ducha carecía de presión de agua. Las escaleras eran un Gólgota miserable y desde la mitad de la mañana hasta el mediodía, los rayos solares los perseguían, rabiosos, por los escasos espacios que quedaban entre los muebles.

Además estuvo el secreto que la vecina les contó: la mancha rosácea que quedaba en el pasillo de entrada no era de pintura. Carmela se tiró sobre sus rodillas, con estropajo, detergente de limpiar hornos y cepillos de dientes. Restregó cualquier rastro, pero Ramona insistía, semanas después, que el apartamento olía a sangre.

Carmela y Justina pasaban el mayor tiempo posible fuera del apartamento, una estudiando y la otra trabajando todo el tiempo que consiguiera. Los viejos, como no podían escapar, se odiaban por deporte. Discutían por cualquier cosa que se les atrabancara en la memoria. Esteban prefería cualquier cosa, incluso lavar los pantis de su tía, con tal de no estar cuando sus abuelos escenificaran la quincuagésima segunda versión de la disputa en que se culpaban uno al otro por la muerte prematura de la única vaca que tuvieron en sus primeros años. Plinio sostenía que de no morirse esa vaca, nadie se hubiera ido a Santiago; y que de no haberse ido a Santiago no hubieran tenido la necesidad de irse a Nueva York. Ramona protestaba que si él no hubiera gastado los ahorros en una vaca enferma sus hijos no hubieran tenido que irse a buscar trabajo a la ciudad. Terminaban reclamándose los sufrimientos de la pobreza, de los que ninguno de ellos tenía la culpa, y Esteban predecía el momento exacto en que Ramona se ponía a llorar. Usualmente era cuando contaba la historia de cómo Graciela salió desamparada para la ciudad, sin haber siquiera almorzado, sin saber de qué estaba hecha la Creación, dejando atrás la niñez que nunca tuvo: Y yo me recuerdo todavía —decía más o menos Ramona— la primera vez que regresó al campo. Caía un aguacero y ella caminaba por el lodazal con un paquete debajo de la ropa. Nos traía lo que se ganaba. A mí se me partió el corazón —decía— cuando nos besó la mano, nos dio todo el dinero que le quedaba aparte del pasaje y sacó la bolsa. No era un vestido para ella, sino una camisa amarilla para el más grande de los varones, para que él vistiera bien cuando ella lo llevara a trabajar. Y esa camisa —a ese punto ya se le saltaban las lágrimas a los ojos— la usaron los tres varones, hasta que ya a ninguno le servía, porque estos angelitos de nosotros se criaron ellos mismos, porque nosotros no los pudimos criar, y tenemos que agradecerles por siempre, porque han sido buenos, porque...

Para cuando los viejos llegaban a esa etapa de sus intercambios, Esteban había recogido todos los pantis, mediofondos, pantaloncillos, medias, faldas, *jeans*, blusas, sábanas y camisetas regadas por el cuarto. Metía todo en dos bolsas y se las echaba a los hombros. Bajaba las escaleras y caminaba hacia Graham Avenue con tal de salir del purgatorio. Doblaba hacia Broadway y llegaba hasta la lavandería de Flushing Avenue, el punto de encuentro entre los hispanos que vivían abarrotados arriba de las tiendas y los morenos de los grandes palomares que eran los proyectos de vivienda pública. Echaba el primer viaje de ropas. Colocaba los detergentes. Ponía las pesetas y se sentaba al frente, a ver todo arremolinarse, mojarse, enjabonarse, exprimirse, volverse a mojar y enjabonar, hasta recibir la bienaventuranza del suavizador que olía a flores.

Allí se encontró con la vecina. Ella lo saludó y le habló de vos y, cuando él menos lo anticipaba, se agachó a recoger uno de los vestidos de su hija. Tenía nalgas acorazonadas, dispuestas al vaivén del amor. Tal vez porque no tenían otra cosa en común, volvieron a hablar del homicidio que inquietaba a Ramona. Ella narró con detalle gráfico, casi erótico, de cómo los sesos del tipo quedaron pegados a la pared y regados por la escalera; de cómo la sangre goteaba hasta el espacio de los buzones en el primer piso; y de los últimos gemidos que se oyeron aquella noche cuando el hombre herido llegó a la puerta y de alguna manera atinó —con el pedazo de materia cerebral que le quedaba— a meter la llave en la cerradura y abrir la puerta para caer muerto dentro de su apartamento.

Ella se llamaba Vivany Marrero. Marrero era su apellido materno, según explicó, porque no se sabía el de su padre, y mucho menos su paradero. Su niña era Mariíta Marrero, por la misma razón. Era un apellido que llevaba tres generaciones, o más, perpetuándose de la misma manera.

—Somos una familia de mujeres solas —dijo ella.

Esteban la miró a los ojos y le dio a entender que la comprendía. Le dijo por qué.

—Yo también llevo el apellido de mi madre.

Quiso decir más, porque sentía un deseo de consolarla, pero Vivany lo dejó con las palabras en la boca y se alejó para pasar su ropa mojada a la secadora. Él la miró de cuerpo entero. Su baja estatura no le quitaba lo voluptuosa, porque además de la curva cervical que llevaba a sus formas simétricas tenía senos que, más que a las insignificantes tetillas de la Venus de Milo, se parecían a las erupciones incontenibles de La Maja Vestida de Goya, aunque él no conociera a cabalidad ninguna de las dos pinturas ni los tipos de cuerpo que ellas representaban. Cuando ella lo descubrió mirándola, le sonrió. Él era un niño para ella, pero Vivany resolvió ese conflicto con no preguntarle la edad ni ofrecerle la suya. Esperó a que él terminara de lavar y secar para caminar juntos hasta Cook Street. Él se pasó de hombre, echándose las tres bolsas de ropa encima, y subieron las escaleras mientras todo su cuerpo brillaba con una capa de sudor fresco. Como sus apartamentos estaban uno al lado del otro, no faltó excusa para que él entrara a depositar su bolsa.

— ¿Dónde la quieres? —preguntó él.

—Ven conmigo.

Lo llevó a través de la sala que olía a la imitación de pinos de detergentes baratos, a través de una cortina azul que se mecía con el aire, hasta el aposento, hasta la cama.

—Aquí, por favor.

Ella misma se sentó sobre la cama y se recostó sobre una almohada en falso gesto de cansancio. Él puso la bolsa donde ella le dijo, se despidió y se fue.

Mientras salía oyó la voz de ella a su espalda.

—Cuando vos quieras hablar con alguien me tocás el timbre nada más. Yo casi siempre estoy acá, solita, con mi niña.

Él quiso devolverse, eso le decía su mente, pero el cuerpo siguió hasta la puerta y una flojera aguó todas sus coyunturas. Se sintió estúpido al cerrar la puerta detrás de sí, porque sabía que huía, que el miedo ganaba la partida al deseo y no podía decir cuál impulso era más natural. Llegó al apartamento con sus bolsas de ropa limpia y encontró a los viejos sentados uno al lado del otro, como dos tortolitas, viendo el Show de Cristina. No había ninguna semblanza de odio entre ellos y él supo que así era el amor, un mar donde las pasiones llegaban de repente y de las maneras más inesperadas, deseo y rabia lo mismo, lo mismo al fin. Lo triste sería no sentir nada.

***

Esa noche no había nada bueno en televisión: Walter Mercado se vestía de negro en honor al planeta Saturno. Walter daba sus giros afeminados, sonreía a la cámara, prendía velas y se ponía poético con las predicciones del horóscopo. Después de cada predicción, aparecía sonriente el tipo del anuncio de Goya, que eternamente empujaba su carretilla con el mismo pregón. *Viandas, ¿quién quiere comprarme viandas?* Y le seguía el Café Bustelo, *el mero mero*, aunque nadie en su apartamento entendía qué significaba el doble calificativo. Otra vez a Walter y las estrellas, que de alguna manera se gastaba toda una hora en llegar al signo de Piscis y al mensaje astral de la semana, deseándole a todos, "mucho, pero mucho amor".

Toda esa armonía se rompió esa noche cuando Júpiter se le cruzó retrógrado a Carmela, que se preparaba para acostarse en la cama que compartía con Justina. Había descubierto una mancha entre parda y roja en el colchón y, después de maldecir entre dientes, no tuvo miramientos en despertar a los viejos que dormían en la cama del lado con su escandaloso reclamo, aparentemente dirigido a las paredes del cuarto.

— ¿Y quién coño sería que se cagó en la cama?

El asunto habría terminado ahí si Justina no hubiera respondido, pero cometió ese error, sabiendo ella cómo era su hermana cuando estaba mal aspectada. Los defendió a todos diciendo que eso no era cacá y que, si lo fuera, de todas maneras estaba del lado de la cama que usaba Carmela, así que ella sabría mejor qué era.

No señora, protestó Carmela, allí la que terminaba de tener la regla no era ella, y además ella no eran tan asquerosa como para andar "con el culo sangrando" por la casa. Dijo que se enrabiaba porque ella era la que iba a tener que dormir sobre la cama sucia, pero como Justina, por toda respuesta, solamente la miró sin pestañar se dedicó rabiosa a terminar de involucrar a todos en el lío. Fue y desarropó a Esteban, que ya buscaba el sueño en la sala, y él, medio dormido y burlón, le dijo que él ya no se cagaba en la ropa. Justina volvió al cuarto y se puso a analizar la mancha y concluyó que no era marrón sino rojiza y que más bien parecía sangre. Carmela la acusó de sucia, porque ella era la única otra que podía hacer eso, diciendo que "a la doña hace tiempo que no le baja la luna". Justina le gritó que lo único sucio que había en todo el apartamento era su boca y que se fuera a cepillar los dientes a ver si eso le servía de algo. Carmela le reclamó que si no era ella la de la mancha que se levantara la bata para examinarle los pantis ahí mismo. Ramona dijo que dejaran eso y se fueran a dormir y Plinio trató de reclamar quién sabe qué cosa, pero se ahogó en una tos. Esteban iba a sugerirles que voltearan el colchón cuando entró al cuarto y encontró que Carmela estaba en cuatro patas y con las nalgas al aire, gritándole a Justina que se agachara y buscara a ver si le encontraba alguna mancha de sangre, que ella no había sido. No seas estúpida, le gritaba Justina. El viejo se sentó con la intención de sacar la correa de los pantalones que estaban recostados en una silla para afuetear con ella a Carmela, como en aquellos años de su niñez rebelde, pero se encontró con el pecho demasiado apretado como para hacer cualquier esfuerzo. Las tres mujeres hablaban al mismo tiempo, una sobre la otra y se oían palabras como vergüenza, anormal, histérica, sucia, descarada, nerviosa, maniática. El alboroto se terminó cuando se oyó el portazo. Esteban se había vestido y se había marchado sin decir más, aunque era tarde en la noche y no había ropa de lavar. Carmela tardó en reaccionar y correr a la puerta y hasta las escaleras para verificar que él ya no estaba.

***

Vivany hizo de él lo que quiso. Lo llevó de la mano a la cama, donde compartieron una cerveza, incluyendo el último buche que ella le dejó gustar de su boca. Lo desnudó lentamente. Le quitó botón por botón la camisa, deslizó sus manos con fragancias de detergentes caseros por las elevaciones y descensos de su pecho y le pasó la lengua por las orillas de las orejas. Bajó sus pantalones y agarró su pene duro por encima del algodón de sus pantaloncillos, acariciándolo hasta que todo el cuerpo de Esteban aflojó los músculos y se dejó desvestir, su mente hecha un torbellino de temor y expectativa. Y no era para menos, tan pronto ella lo tuvo completamente desnudo, le agarró el glande rosado y trémulo y se lo llevó a la boca, pasándole la lengua por todas las orillas y tragándoselo un par de veces. Lo chupó hasta que él se deshizo a borbotones, y ella se bebió esa sustancia salada.

Cuando él se creía acabado, ella se le abalanzó encima y le dijo al oído que ahora quería que la traspasara. Le dijo que hasta que los hombres no se corren no sirven para satisfacer a una mujer. Ella misma se desnudó, sacándose por la cabeza la bata tras la que se ocultaba un cuerpo más voluptuoso que lo que él se imaginaba:

todo partía desde la estrechez de su cintura y se mostraba erecto, lleno de vida. Nada cubría sus tetas, de pezones oscuros y salidos.

Vivany se paró sobre la cama para quitarse los pantis blancos y él pudo verla toda, llena de sí misma, cubierta solamente por los pelos que oscurecían un pubis carnoso. Él era espectador y participante a la vez: Ella misma tomó el pene, otra vez erecto, y se lo puso en la entrada del delirio, donde lo sobó y lo sobó hasta que los dos soltaron un placer baboso. Entró todo, hasta la misma raíz, y sentada sobre él se movió sin prisa, buscando el ritmo. Alcanzaba a veces con los dedos de su mano izquierda para acariciarle los testículos.

—Ahora vas a saber lo que puede hacer una mujer.

Empezó una embestida implacable de subidas y bajadas, que iban de suaves a violentas, a espasmódicas. Esteban perdió la conciencia de toda medida al escalar los riscos de un placer peligroso. Ella no sólo se movía, haciéndole sentir las tajadas de sus nalgas, sino que por dentro apretaba y aflojaba como si le succionara otra vez la virilidad. Además pujaba, y sus tetas brincaban y sonaban, y ella se las puso en la boca para que él les pasara la punta de la lengua por los pezones y tratara de ponerlas todas en su boca.

Se detenía, como en el aire, y le decía que respirara hondo, que halara hacia adentro para que no se viniera, que relajara los músculos del vientre que ella le acariciaba, y, pasada la crisis, se volvía a repetir el ascenso, arriesgado, hacia una cima que nunca llegaba, porque Vivany sabía postergarla. Lo instruyó en la respiración larga y pausada, y se puso boca arriba con las piernas al aire, para que Esteban se sepultara en ella. Ahora estaba él, agarrándola por la cintura estrecha, con ganas de partirla, de hacerla que pidiera perdón, pero ella lo alcanzaba, le besaba la boca y le decía que fuera lento, lento, lento, que le dejara a ella el final, que respirara, que tomara una pausa, que exprimiera su cuerpo y halara hacia adentro, como una jeringuilla. Que lo sacara, que lo sacara, lentamente, así, exactamente. Y lo volvió a acostar sobre la cama y le dijo que ahora le iba a sacar toda la leche que tenía adentro.

Volvió a clavarse sobre él y empezó a ir y venir, ir y venir, venir e ir, venir e ir, pausó por un momento y viéndolo contraerse le dio una última orden. "Agárrame el culo, le dijo, y dame duro, duro, duro papi, bien duro, ahí, ahí..." Durante las últimas convulsiones ella lo mordió en el cuello y él se vació, hasta que quedaron dos cuerpos temblorosos, chorreando los humores del deleite por órganos resbalosos. Se desconectaron, y ella se deslizó a su lado, recostada sobre su cuerpo, y así se les cerraron los ojos, hasta amanecer desnudos con el sol de las ocho de la mañana.

4

La bodega estaba en Knickerbocker Avenue, en un pedazo de mapa atrapado entre el cementerio más grande del mundo y el territorio de los *Brooklyn Bloods*, unos pandilleros que gustaban de cortar a la gente y hacerla sangrar para sentirse que valían. El lugar era un buen punto. Quedaba entre el *laundromat* y el Hung-Tzu Kitchen. No había proyectos a varias cuadras, pero las viviendas de dos y tres familias de esas inmediaciones estaban abarrotadas y subdivididas hasta los límites de su capacidad. Lo mejor de todo, decía Tobías, era que el dueño era un vendedor desesperado que estaba loco por irse a respirar el clima floridano, y que resumía sus razones para vender diciendo que Nueva York era una mierda.

Era una oportunidad. El negocio podía pagarse en tres años y venderse por el doble del precio, decía él. Pidió a sus hermanos y primos que pusieran sus ahorros como inversión y les pagaría réditos, y todos saldrían ganando. Además, les ofrecería descuentos si se abastecían a través de la bodega. Él y Erasmo la administrarían como socios. Cuando se hicieron los estimados de cuánto colaboraría cada uno, incluyendo los primos segundo regados por todo Brooklyn quedó un hueco de veinticuatro mil dólares que solamente Domingo podía llenar.

A Domingo le estaba yendo muy bien y, aunque él llevaba sus vidas secretas, todos lo sabían. Todos los lunes eran días de cobrar y de montar la actuación que él perfeccionó desde los días en que pelaba papas en un *diner* del West Side, uno de esos restaurantes baratos donde con tres cincuenta se desayunaba, con seis dólares se comía y con siete se cenaba. El Paragon Diner estaba en una planta cilíndrica que parecía invernadero a orillas del Hudson. Por estar cerca de la Cuarentaidós, que era el distrito oficial de la putería, era uno de esos comedores que nunca cerraba. Cerca de su entrada un poste lumínico pestañeaba noche y día, aunque en los mediodías soleados nadie lo notara, anunciando dos cosas, algo que todo el que pasaba ya sabía de Nueva York y la declaración exagerada de la condición del restaurante. Arriba siempre decía el nombre del negocio. *THE CITY THAT NEVER SLEEPS* prendía y apagaba en verde. *FRIES, MEATLOAF, BURGERS, COFFEE*, decía el amarillo intermitente. Y en rojo inapagable: *24 hours a day, 7 days a week, 365 days a year*, y solamente le faltaba que dijera por los siglos de los siglos, amén. En el Paragon siempre se trabajaba horas adicionales, todas las que aguantara el cuerpo, y se ganaba esas horas extra sin que se reportara en el cheque de pago. Eso tenía dos ventajas: que era dinero contante y sonante, y que a la hora de llenar los impuestos el empleado todavía caía bajo el nivel de la pobreza del gobierno federal, asegurándose así un buen reembolso de impuestos.

Domingo llegó recomendado al Paragon, pero quiso jugárselas seguro, así es que le salió a Cosenza, su patrón de entonces en otro restaurante, con el cuento de que tenía fiebre y dolor de cabeza y se fue temprano la primera noche que le tocó trabajar allí. Caminó como un loco hasta la estación del tren —es decir, con el estrépito natural de cualquier neoyorquino— y llegó justo a tiempo para empezar el turno de la tarde en ese nuevo lugar. Lo pusieron a fregar platos en una maquina más grande que la pequeña sala de su apartamento, donde tenía que ir metiendo los platos sucios y enjuagados por un lado y sacando los limpios por el otro. Iba haciendo una torre que después levantaba por las malas para llevársela a los que preparaban los platos. Los que salían lavados quemaban como cualquier cacerola sacada de la hornilla, y se recomendaban guantes para sujetarlos sin quemaduras, pero lo primero que Domingo hizo fue prescindir de ellos porque le afectaban la destreza. Aguantó las quemaduras, aunque las yemas se le enrojecieran y ampollaran. Al fin y al cabo, pensaba él, le saldrían callos y perdería la sensibilidad. Su eficiencia fue tan brutal que despertó la intriga de los cocineros cuando descubrieron que había más platos limpios en la cocina que la lista de órdenes que usualmente les sobrepasaba.

Al segundo día, Domingo llamó a Cosenza y le dijo que estaba enfermo por primera vez en sus tres años de restaurante italiano. Cosenza sonó turbado, preocupado incluso, pero Domingo no estaba para que lo doblegaran las emociones. Volvió al Paragon y repitió la proeza del día anterior, haciendo que los empleados de la cocina se alarmaran y tuvieran, con el más absoluto secreto, una reunión laboral tras los huacales de huevo y los refrigeradores llenos de tomates y lechugas. Acordaron que el chef principal, por ser la figura de mayor autoridad, hablaría con él. A eso de las ocho y media Domingo limpiaba la lavadora de platos, que ya estaba apagada y desconectada hasta el fin de su turno, una hora antes de la hora usual para el empleado de esa hora. El chef aprovechó para cumplir su cometido y le gritó que qué carajo hacía. Le reclamó de una vez que no se suponía que trabajara como bestia, porque de darse cuenta el gerente le costaría el trabajo a otro padre de familia con su rendimiento. *This is America, my friend. Workers are supposed to have rights here.* Domingo hizo lo mejor que pudo para decirle al chef que, en vez de meterse con sus deberes, por qué no buscaba un palo de considerable longitud y se aplastaba en el piso del baño a jugar con mierda— cosa que el otro aparentemente entendió porque salió resabiando hacia la parte trasera de la cocina, y aprovechó de paso para derribar una pila de platos al lado de la puerta.

La siguiente mañana, Domingo completó su día en el restaurante italiano y después renunció, diciéndole a Cosenza que fue al médico y le dijeron que se quedara a descansar por unos meses porque tenía "un soplo en el corazón". A Domingo se le ocurrió la idea que usaría en sus negocios desde entonces, cuando Cosenza se echó a llorar, entre compungido porque se le iba el mejor empleado y arrepentido por sentir que fue el trabajo vigoroso que le causó la condición cardíaca. Se dedicó a consolar a su jefe, aunque sus ojos brillaban con visiones del futuro. *No worri, Cosenza, ai olueis rimember yu, ai olueis remember yu, yu gu-mán tu mi ool de taime*, le dijo en su lenguaraje, y era verdad que Domingo nunca lo olvidaría.

Hacía unos meses que le molestaba en los sueños, en el amanecer, al mediodía, en la tarde, mientras fregaba platos, al recoger todo, de camino a casa, y nuevamente al irse a dormir, la posibilidad de que alguien se le fuera con el dinero que tenía suelto en la calle, o peor aún que se le fueran todos con los más de cincuenta mil que puso en otras manos, y si calculaba los réditos que podía perder le daba una pesadez en la cabeza que se iba convirtiendo en jaqueca. Él no tenía armas de fuego y era una sola persona contra todos sus endeudados. Hasta entonces usaba la promesa de más dinero si le pagaban, pero en el fondo de su ser, de su alma material podría decirse, sabía que en cualquier momento sus clientes podían dejar de pagarle.

Fue el contraste que representó ver al hombre italiano llorándole al hombro que lo hizo pensar: si le decía a sus clientes que el dueño del dinero que les prestaba era un mafioso, y que se llamaba Nuncio Cosenza, y que el tipo tenía matones a su disposición y nada de escrúpulos en usarlos, podría meterles el temor de Dios en las cabezas a "los malapagas". Desde ese martes empezó a llamar a sus clientes y a decirles que estaba metido en líos con la mafia y que de ahí en adelante esos tipos eran los dueños de la mayor parte de su dinero y de cualquier rédito que este le generara, y que él seguiría reuniendo los cobros para ellos a cambio de pequeñas comisiones, pero quería advertirles que no fueran a dejar de pagar porque esos italianos eran capaces de cualquier cosa. Que si no le creían, decía, que fueran al restaurante tal por cual y preguntaran quién era Nuncio Cosenza, si era que se atrevían.

—Yo soy un hombre honrado, y mi familia peligra, y yo pensé que tenía que decírselo a usted porque yo no quiero ver que le pase nada malo— le dijo a un bodeguero de esquina, que por la misma confianza que le tenía era quien más se atrasaba pagándole los intereses.

Domingo pensó que se le iban a frustrar los planes cuando dos deudores que se tomaron el asunto muy en serio aceleraron sus pagos hasta saldar sus cuentas, pero adictos al dinero fácil al fin le llamaron poco después, diciéndole que se encontraban en líos más grandes y que otra vez necesitaban dinero. Le preocupaba que pensaran que era él quien les volvía a prestar, porque podían caer en la tentación de no pagarle, pero a la vez él quería esos réditos. Encontró una solución a su dilema en extender la farsa: Les volvía a prestar, pero aprovechaba para meterles de nuevo el terror de la muerte, contándoles un par de historias para aclararles de qué eran capaces los mafiosos — como aquello que le sucedió al panameño Lester Acosta que perdió su tienda de ropa en un incendio y tuvo un accidente desafortunado en una carretera a los tres meses de no pagar; o el taxista casado con una prima suya, o eso él les decía, que apareció en Greenpoint, todavía con las manos enroscadas en el volante y un puñal atravesado en la espalda; o la mujer del salón de belleza que despertó un sábado para encontrarse dos tipos italianos al lado de su cama. Esas historias, y otras, las sacaba Domingo de las noticias de las seis.

—Esa gente no perdona ni a su familia —decía—. *¿Capice?*

Solamente cuando pensaba que sus clientes se preocupaban les decía que podía conseguirles "otro dinerito", aunque algunos de ellos, más astutos que él, entendían que todo era cuestión de seguirle la corriente.

—El que paga todo bien —aseguraba— no tiene de qué preocuparse.

Cuando se trataba de negocios, Domingo no tenía miramientos con nadie y su amor al dinero era lo que daba definición a su vida, sin ningún sentido de duda: "Señores," decía a veces a sus hermanos, a propósito de nada, "el dinero es una cosa que engendra más dinero. Despué' que uno se hace un capital solamente tiene que saber cómo usarlo, poner cabeza". Y ese era su fin, tener más para generar más, para tener más para generar más. Desde que se fue al Paragon, trabajaba por lo menos doce horas al día, y hubo noches en que siguió corrido hasta la mañana siguiente. Espantaba el cansancio diciéndose que tendría más capital que podría prestar. Marta reclamaba a veces que la niña se olvidaría de quién era su papá porque él no paraba en casa. "Si se olvida, ella es la que pierde", contestaba él. "Esto que yo hago es para ustedes más que nadie".

Ella llegó a compartir su afán por los dólares. Marta era, a su vez, la reina de la factoría, la tachuelera más rápida de las factorías de LaFayette, y entre los dos ahorraban cada vez más para sus negocios. El capital ayudaba a instalar bodegas, salones de belleza, restaurantes, tiendas de ropa, bases de taxi, puestos de ventas ambulantes y cualquier otro negocio cuyo dueño convenciera a Domingo —y por medio de él a su alter ego, Nuncio Cosenza— de que valía la pena invertirle. Además de estudiar los ingresos y egresos de cada negocio en cuestión, Domingo sometía a sus clientes a un largo cuestionario plagado de preguntas personales —cuántos hijos usted tiene, cuánto gana a la semana, cuántas mujeres tiene usted, y cuál es su comida favorita— para determinar si el cliente tenía gustos caros o más responsabilidades de las que podría cubrir con sus ingresos. Lo hacía sin que sus clientes se dieran cuenta, entre conversación y conversación en las que fingía interés personal en ellos.

Con el paso de los años, Domingo fortaleció la impresión de que tenía jefes mafiosos, usando tácticas de todo tipo. Se mandó a hacer hojas y tarjetas de negocio, donde en letras de lujo decía COSENZA, con una dirección falsa que daba a un almacén destartalado en el North Side de Brooklyn —todo calculado para asustar a quien se le ocurriera verificar la dirección. Le pidió a un cocinero italiano del Waldorf Astoria, adonde se fue a trabajar unos cinco años después, que le grabara el mensaje del bíper, pero que lo hiciera en italiano y en inglés. En sus hojas timbradas, hacía que los clientes escribieran en su puño y letra que entendían el riesgo que corrían al entrar en negocios con semejante organización, anotando además la descripción correcta de alguna propiedad —ya fuera vehículo, negocio o casa— que estuvieran dispuestos a ofrecer de garantía colateral. No entregaba dinero sin una visita previa a la casa de los clientes, aunque nunca entraba más allá de la puerta, y esta era su manera de decirles que sabía dónde vivían y encontrarlos a cualquier hora. Después concertaba una cita, para entregar los billetes.

Domingo vio crecer sus negocios, sin que alguno se negara a pagarle, aunque hubo quienes se atrasaron. En ese caso los llamaba y les recordaba que ellos tenían un compromiso con Cosenza, que no se olvidaran de que si no pagaban se arriesgaban a cualquier cosa. Cuando le preguntaban si los amenazaba, Domingo entraba en la mejor parte de su acto. Les decía que no, que al contrario, él era su defensor, siguiendo una especie de guion que llevaba bien ensayado: *Yo le digo a la gente de Cosenza que se dé cuenta de que usted es un hombre de familia y que usted siempre paga a tiempo, que no vayan a cometer una barbaridad porque usted no puede pagar ahora, que tiene aprietos, que eso le pasa a todo el mundo, pero usted sabe cómo es esto, si usted no paga yo no puedo pagar su deuda porque yo soy un miserable que trabaja en esto para ganarse algo adicional. Si usted quiere yo le doy el número de Cosenza para que usted llame a su oficina y resuelva con ellos, pero yo no me hago responsable de lo que pase, porque esa gente no tiene mucha paciencia. Yo puedo defenderlo a usted hasta un punto.*

La mayoría de los clientes caía con ese cuento, y empezaba a pagar sus saldos aunque fuera con atrasos, pero otros requerían medidas más fuertes. Domingo iba a cualquier teléfono público y los llamaba al negocio durante el día y a la casa a deshoras de la noche. No hablaba, pero respiraba pesado y después cerraba. Lo hacía por varios días, más o menos a la misma hora. Al principio, los clientes le respondían con malas palabras, pero poco a poco se intimidaban, sobre todo cuando empezaban a notar un vehículo con vidrios ahumados que aparecía por donde andaban, a distintas horas del día o de la noche: a la salida de su edificio, cuando iban de camino a la iglesia, en las inmediaciones del negocio. Era el mismo Domingo que tenía otro vehículo para ese fin y se ponía una boina de cuero y unos lentes oscuros y se llevaba a Erasmo y Tobías para que adentro se vieran más cuerpos. No salían del vehículo ni proferían una amenaza, y ninguno de los cuatro andaba armado, pero el acto era suficiente para que los clientes llamaran frenéticamente al bíper de Domingo. Él se hacía el desentendido. Contestaba al siguiente día y les decía que ya no tenía nada que ver con ese caso porque la gente de Cosenza se lo quitó de las manos. Los clientes prometían pagar, y él les decía que esos italianos no aceptaban más promesas después de que alguien les fallaba. Les sugería entonces que le dieran una suma considerable para él ir personalmente donde Cosenza y convencerlo de que cediera.

Él mismo se fue enredando en sus historias y se creó una tercera identidad para sus negocios. Simplemente tomó la guía telefónica un día y encontró un apellido rimbombante. Desde entonces, para sus nuevos clientes sería Waldemar Storniola, y les explicaba que su tatarabuelo fue un marino italiano que por alguna razón vivió en los montes de Jánico y dejó hijos regados por todas partes antes de volver a Italia. Fue quitando y añadiendo detalles de su vida y la sucesiva conexión con Cosenza, hasta que tuvo que anotarlos en un cuaderno para repasarlos y no equivocarse, y llegó a pensarlos tanto que a veces creía que esa podía ser su verdad.

Ese Domingo Remesal, o Waldemar Storniola, o Antonio Espinal, estuvo de acuerdo en que la bodega que Tobías y Erasmo tenían en la mira era buena, y les prestó los veinticuatro mil dólares que les faltaban, más seis mil dólares que ellos no le pidieron para que remodelaran y abastecieran el negocio. El día del cierre fue un espectáculo para los dos abogados involucrados en la transacción. Los tres hermanos y el sobrino llegaron al despacho de Bushwick con sus boinas y sus gafas oscuras en el carro de cristales ahumados, llevando bolsas de lo que aparentemente era una compra de plátanos, yucas, papas y otros tubérculos.

Esteban se quedó afuera, con el motor del vehículo en marcha. Arriba, Domingo se hizo cargo de las transacciones y, entre protesta y protesta, logró que el dueño y el abogado acordaran dejar un depósito de cinco mil dólares en reserva, por si el negocio debía multas a la ciudad y para cubrir cualquier cobró de electricidad, teléfono o gas que siguiera pendiente. Domingo trató incluso de sacarle otra rebaja al bodeguero, pero cuando el hombre, hastiado de tantas vueltas, se dispuso a cancelar la venta cerraron el trato. El abogado les pidió el cheque certificado, y Domingo le dijo que no había cheque, y ante la mirada perpleja del comprador y los abogados pusieron las bolsas de la compra sobre la mesa y fueron sacando de entre los plátanos, las yucas, las papas, los ajos y las cebollas, manillas de quinientos, cien, cincuenta y hasta veinte, atadas por gomas, hasta que tuvieron los cincuentaicinco mil dólares sobre la mesa.

Los hermanos salieron de allí hechos propietarios y dispuestos a extraer de la ciudad el dinero que cambiaría sus vidas. Lo primero que Tobías hizo fue llamar a una compañía de toldos para que cambiara el letrero y le pusiera el nombre al que se traspasaron los valores de la compañía. De esa manera, la bodega de Tobías y Erasmo fue la número cincuentaiséis con alguna modalidad de ese nombre fraternal que cada vez se hacía más común en las guías comerciales de los barrios neoyorquinos: *Brothers Grocery*.

5

Ese año murieron setenta mil setecientos sesentainueve personas en Nueva York. A más de quince mil se les reventó el corazón; otros siete mil se los comió el cáncer; más de mil sucumbieron al sida, mientras que otros dos mil quinientos perecieron por bacterias pulmonares y derrames cerebrales. Mil cuatrocientos sesentaiocho murieron en accidentes; a mil doscientos nueve los mataron sus parejas, sus familiares, sus socios, sus amigos — y otros quinientos sententa y siete se suicidaron. Nada extraño para una ciudad de más de ocho millones.

A los Espinal, sin embargo, les iba bien. La *Brothers Grocery* prosperó bajo el manejo de Tobías y Erasmo, que la convirtieron en un establecimiento limpio, bien surtido y al gusto de los clientes que canjeaban sus cheques por comida enlatada, litros de soda, galones de leche descremada y paquetes de seis cervezas que se catalogaban, intencionalmente, como algún alimento de primera necesidad. El nuevo letrero, bien iluminado, en un azul distinto al amarillo de todas las demás bodegas de Cypress Hill, le dio nueva vistosidad. Y Tobías encargó tramos nuevos, hechos de un plexiglás transparente que daba a los pasillos mayor amplitud, y facilitaba la visibilidad de los clientes que se iban al fondo a ver qué se metían en los bolsillos.

Desde que vio la de su patrón, siendo él todavía niño, Tobías quiso una oficina. La logró en la bodega, porque el carpintero que hizo renovaciones le construyó un espacio cuadrado, suspendido a unos siete pies de altura, desde donde miraba lo que sucedía en el negocio tras unos cristales oscuros. En principios, cada vez que alguien los visitaba los llevaba orgulloso hasta la parte trasera, donde colocaba una escalera y se encaramaba en su palomar, usando como excusa que buscaba una tarjeta de negocios o algo parecido. Era un problema cuando el teléfono sonaba, porque para contestarlo, alguien tenía que buscar la escalera, apoyarla en los refrigeradores de las cervezas y meterse por una compuerta, que parecía para perros, hasta llegar a la bendita oficina.

Después de varios meses, él mismo no subía ahí, porque el invento tenía graves fallas de diseño. La única ventilación con que contaba eran unas rendijas que daban al lado de la pared, y por ellas se metía de todas maneras el vapor que subía de los refrigeradores.

Pero, independientemente de la modestia de ese despacho, las ventas subieron. Tobías y Erasmo estaban adelantados en el pago de todos los préstamos y proveían a sus casas de los alimentos que compraban al por mayor para el negocio. Esteban, además, resultó ser el mejor cajero de bodega en todo Cypress Hill, y los clientes lo trataban de Steve y se pasaban ratos contándoles sus problemas — como Mrs. Johnson, que le explicó los pormenores de su tratamiento para las hemorroides. O Derrick, que le decía, *you know what I'm saying*, de sus conquistas de muchachitas descalentadas en la cancha de *handball*. O Cuevas, que le decían el boricua G.I, un veterano de la guerra de Corea que entraba y salía todo el día de la bodega y se sentaba sobre un guacal por horas, a oír las discusiones inconclusas y desarticuladas de la radio hispana.

Steve asentía y le seguía la corriente a todo el que llegaba, mientras sacaba en su cabeza las cuentas de lo que compraban, y se pasaba accidentalmente por unos cuantos centavos en muchas ocasiones. Las veces que trataron de meter mano en la caja para sacar los billetes, halaba un martillo que tenía debajo del mostrador y tiraba golpes erráticos. Tenía su pistola, pero no la sacaba a menos que fuera necesario, y hubo ocasiones en que lo fue. Los tres estaban armados y no temían en meterse el arma al cinto para que les vieran el cacho, o en tenerla sobada cuando se metía un grupo de *wannabe Bloods* a dar vueltas por entre los tramos, esperando la oportunidad de robarse un litro y salir derrumbándoles todo. Una vez Tobías, Erasmo y Steve encerraron uno, que se tropezó con una pila de habichuelas enlatadas y cayó de boca frente al mostrador. Le dieron patadas hasta que corrieron lágrimas por sus mejillas. Mientras Tobías y Steve lo sujetaban, Erasmo le cortó los pantalones en tiras, y lo soltaron a la calle así, para que sus mismos compañeros se burlaran cuando lo vieran. Después de ese incidente, los tipos volvieron a vengarse y desde el otro lado de la calle tiraron huevos contra el toldo nuevo, pero Steve no tuvo miramiento en salir y dispararles cuatro tiros por entre las piernas. No le pegó a ninguno, intencionalmente, pero a uno de los pandilleros se le oyó llamar a su querida mamá mientras corría en dirección del cementerio, sospechando que ya llevaba un balazo en la espalda. Cuando encontraron otro de esos pandilleros en la bodega, Tobías lo persiguió con un machete, rechinándolo por entre sus pies para que botara chispas. Se crearon una reputación de locos arrestados. A Tobías se le ocurrió lo de la placa grabada, como esas que se usan para los reconocimientos de méritos heroicos, con un mensaje para los ladrones, que Steve redactó: *We work hard. Don't mess with us, or you'll be sorry. Sincerely, The Administration.* La colgaron en la pared, detrás de la caja registradora, y en principios más de un borracho quiso probar la teoría, hasta que salió abofeteado del negocio.

Tobías y Erasmo contrataron a Arquímedes Peralta, alias Relámpago, un tipo de San Cristóbal que se había afeitado la cabeza para ocultar la alopecia. Instalaron una ventana giratoria con plásticos blindados. Así cobraba el dinero y pasaba la mercancía en su turno nocturno. Por si acaso le dejaban una pistola. Él empezaba a las once de la noche y seguía hasta las siete de la mañana, la hora a la que se iba a otro trabajo en una bodega de East New York. Mayormente dormía toda la noche, pero los clientes le gritaban todo tipo de improperios por los agujeros de la ventanilla y se levantaba sonámbulo a venderles cerveza, aunque en realidad la pregunta más común que le hacían era si tenía mariguana. Repetía su respuesta memorizada, siguiendo instrucciones de Tobías, que le explicó que era mejor mandarlos para otro lugar, aunque no fuera cierto. *No, no weed here. That's on Decatur Avenue.* Y volvía a dormirse, escuchando los improperios más coloridos.

Sobraba dinero hasta el punto de que compraron el edificio donde estaba la bodega. Con esa compra se ahorraron el pago mensual de su propia renta y usaron los pagos de los demás inquilinos que vivían arriba para pagar la electricidad, el agua y el gas. Hasta Steve terminó siendo socio, porque puso de sus ahorros para las renovaciones del edificio. Tobías pensó que alcanzarían en su fortuna a Domingo, excepto que Domingo tampoco estaba de brazos cruzados.

Domingo había sacado el dinero de los préstamos ilegales para comprar propiedades de quienes las perdían hipotecadas. Así siguió hasta que se hizo dueño de una agencia de viajes y centro de llamadas internacionales por Williamsburg. Ni él mismo sabía lo bien que le iba hasta un catorce de junio cualquiera: Pasó horas sumando, dividiendo y multiplicando, verificando nuevamente sus cálculos, hasta que rasgó en un papelito, con la mano temblorosa, su valor neto hasta la fecha: dos millones trescientos treintaiséis mil cuatrocientos siete dólares y treintaidós centavos, sin contar los que quedaban en préstamos.

Esa noche, después de dar muchas vueltas en la cama, Domingo concluyó que le faltaban un par de cosas en la vida, y que tendría que remediarlas cuanto antes. Se fue al día siguiente al bajo Manhattan. Siguió todo el proceso: llenó los papeles, se sacó unas fotografías de medio lado, en las que apareció sudado y empajonado, y pagó las cuotas de rigor. Luego pasó por una librería hispana y adquirió un folleto bilingüe en cuya carátula aparecían las rayas rojas y blancas del traje yanquista y las cincuenta estrellitas apretadas en el cuadro azul. El librillo prometía ser la guía más eficiente para el examen de ciudadanía, con ciento cincuenta preguntas y respuestas de la historia y el gobierno, acompañadas por traducciones, guía de pronunciación y ejercicios de escritura simple. Se aprendió poco a poco las preguntas y las respuestas, hasta memorizarse el folleto al derecho y al revés en unos meses, a fuerza de simple repetición como si de un rosario se tratara. Por esos días hablaba de asuntos como cuáles eran las tres ramas del gobierno, cuáles eran las trece colonias originales o quién fue que diseñó la bandera, sin que nadie le preguntara.

También quiso una casa. Lo primero que hizo fue imaginársela a su gusto, usando por muchas noches el espacio elástico del insomnio. Después le reveló a Marta sus deseos: Quería patio por todos los lados en una casa que estuviera hecha de ladrillos, que tuviera un sótano grande y arreglado, que tuviera ático, que se encontrara en un barrio tranquilo y que costara menos de trecientos mil dólares, porque esa era la cantidad que tenía en efectivo para gastar. Marta estuvo de acuerdo, añadiendo otra condición, que tuviera espacio para un jardín de rosas. Mariela, Bryan y Camila abogaron por una piscina.

Domingo llamó a un agente de bienes raíces. El hombre llevó a Domingo por varios arrabales en Jamaica, Jackson Heights, Woodhaven y Long Island City, los vecindarios baratos donde él pensaba que Domingo compraría. Una de las casas, que el vendedor trató de meterle por los ojos a Domingo, quedaba como el relleno de un sándwich entre dos edificios de seis pisos y

apenas tenía un callejón por todos los lados que la sepa-
raba de las edificaciones contiguas. Domingo consiguió
que el hombre saliera un poco de sus propios pensamientos y le explicó con lujos de detalles cómo era el
hogar que él construyó en su mente. El hombre estalló
en risas, y cuando recobró la compostura emitió su juicio, a la vez dicharachero y fulminante.

—Véase amigo —le dijo, mientras guardaba el
cuaderno donde apuntaba las propiedades—. En Nuevayor no hay casa como la que usted quiere. Y si la hubiera
usted no la podría pagar. Eso es cuestión de millonarios.

—Si no la hay, hay que hacerla —contestó Domingo—. Y si yo no la puedo pagar, nadie puede.

El agente volvió a reírse.

Domingo encontraba el mismo patrón de conducta
entre todos los que vendían. Los pobrediablos estimaban
la capacidad de adquisición de sus clientes en base a la
suya, y le mostraban casas mal ubicadas, sin patios, sin
atracción, sin esperanzas. Tuvo que dedicarse él mismo a
buscarlas y descartó calles, sectores, barrios enteros,
hasta que él mismo concluyó que en Nueva York no había casa como la que él quería. Estaba por rendirse de la
búsqueda cuando un día fue a dejar a una prima a La
Guardia y, al desviarse por las calles locales para evitar
el tráfico del regreso, se perdió por los predios del aeropuerto y terminó en un vecindario que desconocía. Fue
así que descubrió unos viejos callejones donde todavía
había rieles de tranvías que quizás transportaron una vez
las cargas de labor forzada. En uno de esos callejones
estaba la casa que sería suya. O por lo menos eso vio él,

porque a primera vista lo que parecía era un terreno abandonado al dominio de las cizañas, las ardillas y los zorrillos. Estaba cercado por todos lados con una maraña de alambres entrecruzados y destemplados, que se habían oxidado tras varias temporadas. La calle principal, que luego se supo era un antiguo camino holandés que la ciudad adquirió a finales del siglo dieciocho pero que no mantenía ni limpiaba, era tal vez uno de los dos o tres senderos de tierra que quedaban en todo Nueva York. Nadie lo atendía, porque en el acuerdo de compra los abogados de entonces del municipio incluyeron una cláusula que dejaba en manos de los propietarios de casas aledañas la limpieza de esa calle. El gobierno ni siquiera se ocupó de sacar los rieles mohosos que seguían incrustados en su centro. Aquel abandono de los siglos lo cautivó, haciéndole sentir que la casa esperaba por él y su familia.

Un abogado le averiguó que los dueños de esa tierra fueron unos ancianos negros, que trazaban su linaje hasta los esclavos que una vez heredaron la propiedad, y que al morir dejaron la casa y sus inmediaciones a cinco hijos, y que aquellos herederos estaban a punto de perderlo todo por no pagar más de veinte mil dólares de impuestos. Un lunes, tras saldar esos gastos y pagar un precio reducido, Domingo obtuvo el título de la casa. Usó todas sus ganancias ese año para la casa, donde por meses hubo empleados de construcción siguiendo sus órdenes. Cuando terminaron, era otra vivienda; o sea, la que él imaginó. Sacaron dos camiones de chatarra de entre las malezas del patio, que otros cortaron y reemplazaron con grama y árboles que daban flores. Levantaron una verja decorativa a todo su alrededor, e instalaron una compuerta eléctrica para entrar al estacionamiento del patio. Terminaron de construir la piscina, dejada a medio hacer, y le instalaron un yacusi de numerosas velocidades. Reemplazaron las tejas del techo y pusieron puertas de roble en las dos entradas principales. Las ventanas pequeñas que daban al patio las rompieron, para poner en sus lugares puertas corredizas. La estatua de un ángel desnudo la resquebrajaron, y pusieron en su lugar una fuente de formas geométricas que reciclaba sus aguas día y noche, decorada en el centro con una escultura de un niño barrigón que hacía pipí todo el verano. Los plomeros cambiaron casi toda la tubería y pusieron grifos estilizados en los baños rediseñados y en la nueva cocina de amplitud y útiles modernos. Los pisos los entablillaron y los pintaron y los pulieron, y las paredes todas las hicieron blancas del más blanco que hubiera. Llenaron todo con muebles nuevos. Por la entrada plantaron un árbol de manzanas, después de convencer a Domingo que las guanábanas no se darían fuera del clima tropical.

La mudanza fue en octubre, y simplemente consistió en transportar algunas memorias favoritas al nuevo hogar, porque hasta las ropas las cambiaron. Esa navidad celebrarían en grande, con una fiesta que tomaría lugar en una extensión de la casa, que Domingo convirtió en una sala de reuniones familiares con billar y bar. Se le llenaron los ojos de lágrimas al presentar su logro a los demás ese verano.

—Esta casa es de todos nosotros —dijo.

Ese mismo octubre le llegó la cita de la ciudadanía, y Domingo se sintió plenamente convencido que, de hacerse necesario, tomaría armas para defender la Constitución de los Estados Unidos de América, aunque a la hora de formalizar su compromiso, entre otros trescientos ciudadanos recién hechos ese día, lo que hizo fue rezar mientras los demás recitaban el juramento a la bandera de las barras y estrellas, seguro de que entre tanta gente no se descubriría lo que decía: *Hágase tu voluntad, así en la tierra como en el cielo.*

6

Plinio estaba asediado por los males de la vejez, y lo que viene tras ella, sin que la familia contemplara del todo esa posibilidad. Steve, Delancey y Carmela tenían que tomarse turnos para llevarlo con regular frecuencia a uno de los hospitales municipales, donde tenía citas cada dos o tres semanas, y a veces dos o tres veces en la misma semana. Aparte de los achaques usuales, empezó a sufrir de sordera ocasional y de escuchar ruidos raros que no existían en el plano de la realidad compartida, y que él describía como ventarrones y silbidos que venían de la nada, o el aleteo de un pájaro que no cesaba en las largas noches de verano. Por ratos sentía que se extinguían todos los sonidos, excepto un pito molestoso, y gritaba a las paredes en el afán de distinguir por lo menos el eco de su propia voz. El médico general lo había referido a un especialista de los oídos, que lo refirió al hospital de otorrinolaringólogos de la veintitrés, y allá le pusieron aparatos con los que le succionaron, le soplaron y le iluminaron los tímpanos. Lo metieron en una máquina donde le miraron la cabeza y le preguntaron una y otra vez si oía una señal que le enviaban por audífonos. La conclusión fue que tenía una enfermedad crónica y que los sonidos que él decía oír cuando menos esperaba no se los inventaba, como le decía Ramona, irritada por las quejas, sino que realmente los oía. Le dieron gotas que no hacían nada, excepto transmitirle una sensación de frescor a la que gradualmente se envició. Una madrugada se levantó gritando eufórico porque oía bien, como cuando era un mozo en los montes de Damajagua Adentro, y ese sábado quiso que todos vieran el pegote de cera que encontró sobre la almohada, aunque al día siguiente amaneció tan sordo como en días anteriores, con el problema adicional de que a cada rato creía que sonaba el teléfono, y se enojaba si lo contradecían, especialmente porque levantaba el auricular, "Aló, aló, aló", y resabiaba contra alguna persona inexistente. "Yo oigo el resuello. Gente que no tiene qué hacer y sigue llamando".

Si los oídos hubieran sido el único problema no hubiera sido nada. Una tarde veía el *Show de Cristina*, donde hablaban de maquillaje, asuntos de belleza y trucos para esconder la edad, y pidió un espejito para verse la cara. Empezó por quejarse de los pliegues en los párpados y las bolsas debajo de los ojos y terminó descubriendo capilares rojos en las escleróticas. A todo el que llegaba a visitar le enseñaba sus ojos, hasta que de tanto tocarse se causó una conjuntivitis. Concluyó otra tarde que esos ojos rojos, que veía reflejados en el espejo, eran resultado de pecados inconfesos, cualesquiera que esos hayan sido en su imaginación. Mandó a buscar sacerdote a la iglesia más cercana y le enviaron a un diácono salvadoreño, que a partir de entonces fue todos los domingos a darle una versión compendiada de la misa con todo y comunión. El diácono no tenía potestad para confesarlo y le decía que no se preocupara de eso, que se confesara en su corazón y todo estaría bien. Ramona participaba de la ceremonia semanal, aunque ella sí iba a misa, y cantaban juntos, dándose golpecitos en el pecho: *Pequé, pequé, Dios mío. Piedad, Señor, piedad; si grandes son mis culpas, mayor es Tu Bondad, si grandes son mis culpas, mayor es Tu Bondad*. A veces rezaban un rosario, y llegaban hasta el final de la plegaria atragantándose en las palabras de la oración al Ave Santa Reina, locos por terminar: *¡Ave, Santa Reina, Madre de Misericordia, ave, vida nuestra, nuestra delicia, y nuestra esperanza! A ti clamamos, los pobres desterrados hijos de Eva. A ti enviamos nuestros suspiros, lamentos y llantos en este valle de lágrimas. Vuelve, abogada llena de gracia, tus ojos de misericordia hacia nosotros; y después de este, nuestro exilio, muéstranos el bendito fruto de tu vientre, Jesús. ¡Oh, clemente, oh amorosa, oh dulce Virgen María!*

Aparte de esos problemas mínimos, Plinio tenía la próstata del tamaño de un aguacate y siempre creía que se estaba haciendo pipí, pero cuando iba y se cuadraba frente al inodoro no le salían más que dos o tres gotas tímidas. El síntoma era causa de gran angustia, porque se pasaba las reuniones familiares de la sala al baño, y regresaba sin hacer nada, y luego cuando menos se lo esperaba encontraba una mancha húmeda en el pantalón. El médico le recetó que usará pañales, y Carmela los compró, pero él se negó a ponérselos y tomó ofensa ante lo que consideró una burla de su hija. Estaba de mal humor buena parte del tiempo, sobre todo por la molestia de la enfisema, que le causaba lo que él llamaba un calentón en el lado derecho de la espalda, y se le transformaba en dolor y luego en asfixia, hasta que terminaba tosiendo y ahogándose en su propia flema. "Ay me voy a morir, ay me voy a morir" decía de noche, apurando a Esteban para que acabara de prepararle la máquina de oxígeno.

El día de nochebuena, desde que pusieron los merengues arrebatados de Eladio Romero Santos, Plinio se puso malo, y empezó a toser, y a orinarse, y le sonaban los pulmones, y se le puso la cara colorada, y todos los hombres sacaron sus celulares recién estrenados para llamar al nueve once. "Opereito, mai fader havin ataque! Lisen, ji caná bride wel, sende ambiulanse plis, plis, Shugarmil Güey, plis, tuentifai siro uan Shugarmil, plis! Rairawei" —decía Domingo. En el fondo se oía todavía el bullicio de la canción, temblorosa, rápida, frenética. Por las tantas llamadas a la primera ambulancia, que arribó cuatro minutos y veintitrés segundos más tarde, le siguieron dos ambulancias, un camión de bomberos y una patrulla policial. Todo el pelotón de gente se fue sobre los paramédicos, con su olor apabullante a perfume, y un policía tuvo que retenerlos. *Listen up people. Only one in the ambulance! Someone who speaks English, please!* Esteban se fue con él.

***

El mundo se ve distinto desde el asiento trasero de una ambulancia. Todo se mueve en direcciones inesperadas. Esteban tenía la sensación de que uno no controla nada y que la contribución al destino es ajena a la propia vida. ¿No era ese hombre que resollaba trabajosamente en la camilla un compañero de viaje nada más? *Is he going to live?* Esteban le preguntó al paramédico si iba a vivir. Este lo miró de reojo y siguió sujetando la máscara de oxígeno. *We do what we can*, respondió al rato. Solamente se hacía lo que se podía.

Para cuando llegaron a la sala de emergencias, Plinio se veía mejor. Lo acostaron a recibir más oxígeno y le pusieron un suero. Le tomaron la presión y, por orden del médico de turno, lo dejaron descansar. Media hora después regresó el médico, despeinado y bostezando. Vio el expediente médico sin ocuparse de notar los ojos azules —más azules esa noche— de Plinio, y declaró que se podía ir a casa, pero que descansara y tratara de no subir ni bajar escaleras. Esteban lo ayudó a vestirse, igual que lo ayudó antes a desvestirse y a envolverse en la bata hospitalaria, y sujetó la compuerta para que Plinio saliera, con sus típicos pasos arrastrados hasta la zona de espera. Ahí estaban todos los hijos, y Ramona, ahogando a los demás familiares de la sala de espera con la mescolanza de sus perfumes navideños. En vez de regresar a la fiesta en el veinticinco cero uno de Sugar Mill Way se fueron al apartamento de Cook Street, para que Plinio se acostara y llegara bien hasta el día siguiente. Plinio durmió toda la noche, con un sueño tan calmado que Ramona tuvo que ponerle la mano en el pecho a ver si todavía respiraba.

Tal vez en parte por los zumos encebollados de berros, remolachas, zanahorias y limón que Carmela le preparaba, Plinio llegó hasta la primavera sin grandes contratiempos.

7

Quienes dicen que el Empire State Building parece una jeringa, un cohete espacial o un lápiz invertido no saben de qué hablan. El emblemático edificio no es más que un conglomerado de estructuras rectangulares con una antena en la cúspide. No está rascando el cielo, sino apropiándose del espacio.

En los veintitantos años desde que empezaron a llegar los Espinal a Nueva York ninguno de ellos había sentido la necesidad de visitarlo, de hacer fila para llegar a su observatorio, y de contemplar la ciudad hasta donde alcanzara la vista. Hasta que Esteban los invitó.

Fueron un sábado en la noche. Gerardo llevaría su videocámara y, esta vez, se acordaría de quitarle el *standby*; Justina tomaría fotos y cuidaría de no exponer el rollo a la luz rojiza de la ciudad; Erasmo se encargaría de conseguir los cuatro taxis necesarios para transportar a tanta gente; y Domingo cubriría los gastos. Todos fueron, pero no sin antes perfumarse hasta el exceso y ponerse ropas de brillo, dignas para la pista de una discoteca. Las mujeres lucían sus peinados de pavos reales, como antenas disparatadas que recibían alguna transmisión cósmica. Los hombres portaban sus relojes chapados, sus guillos de oro y las cadenas gruesas, con medallas de la Virgen de la Altagracia que se ponían, deliberadamente, por encima de las camisas.

Lo que se veía por cielo desde esas alturas era una oscuridad dispersa, y nada de estrellas. Aviones sí había, y helicópteros, que pasaban desapercibidos para la mayoría de los transeúntes, acosados por las ráfagas violentas de los carros y el estruendo de las bocinas, el rumor de las voces que unidas se volvían un gran mugido, la confusión de las luces moradas, azules, anaranjadas, rojas que salían de todas las bombillas, y la presencia de los ríos que abrazaban a la ciudad. Hicieron fila y se sintieron raros, fuera de lugar, como turistas. Hablaban todos al mismo tiempo y la taquillera se confundió y terminó cobrándoles menos que lo que debía. Alexa y Tobías discutían si el edificio era más alto que Las Torres Gemelas cuando se aglutinaron en un elevador que olía a pedo con unos canadienses y una pareja de retirados que visitaban desde Ohio. Se les tapaban los oídos por la altura mientras ascendían a una planta intermedia, donde abordaron otro elevador, hasta el piso del observatorio.

Salieron al pasillo, una explanada que daba la vuelta al edificio, a los pies de la gran antena. Lo primero que se notaba eran las rejas encorvadas que los protegían del vacío, o del impulso de tirarse y desintegrarse. Adonde quiera que miraran no había más que estructuras, edificios, puentes, a excepción de la gran sombra que a esa hora era el Parque Central. El viento los azotaba, y Tobías preguntó qué se podía hacer allá arriba.

—Nada —contestó Esteban—. Mirar para abajo.

Eso hicieron. Se veían ríos de carros y los puntos insignificantes que eran los seres humanos. Sin más nada, dieron la vuelta al observatorio, se tomaron fotos y Gerardo grabó la vista, aunque lo que se vio después fueron solamente luces desenfocadas. Descendieron y se fueron por la Sexta Avenida, donde les causó más algarabía descubrir, colgando de un poste de tantos en la Avenida de las Américas, aquel viejo escudo de armas con las palmas y oliva, y la Biblia, y las flechas, y la cruz católica, de su tierra. Ahí se leía el lema. DIOS, PATRIA y LIBERTAD.

***

Plinio esperaba el café de la mañana un par de días después cuando le entró la sospecha de orinar. Fue al baño y no le salió nada. El pasillo del apartamento se le transformó en la orilla del río donde en la oscuridad de una noche lejana lo molestó alguna presencia, y sintió ese cuerpo arenoso nuevamente colgándose del suyo. Alcanzó a llamar a Esteban y dijo que le pesaba la cabeza. Esteban corrió a sujetarlo y de verdad le pesaba la cabeza, se estaba yendo de cabeza, se estaba poniendo colorado. Esteban lo agarró por el cuello, para levantarle la cabeza. *Plinio sintió esos respiros tibios en el cuello y los brazos que se atenazaban a sus hombros y las piernas que colgaban como si no tuvieran vida.* "Quítenmelo de arriba; pesa como un saco de arena" —dijo Plinio. "No me quiere soltar. Quítenmelo".

Esteban llamó al nueve once. Ramona y Carmela le decían a Plinio que se calmara, que nadie colgaba de su pescuezo, pero él ya no estaba allí. Volteó los ojos y se desparramó sobre ambas, pesado y arenoso él mismo. Los paramédicos tardaban. Les dio tiempo, entre Carmela y Esteban, para acostarlo en el piso. Le quitaron los zapatos, que él se había puesto esa mañana aunque no iba a ningún lado. Le quitaron las medias grises, *y palpó el fango cremoso con la totalidad de sus plantas poco antes de meterse al río. La corriente, que tal y como la impenetrabilidad del cielo se*

veía más negra que la misma noche, era tibia, igual que si
el sol del mediodía la castigara hasta la evaporación.

Ramona le quitó los lentes y le sacó la plancha, para
que no se ahogara. Le desabotonaron la camisa, y Carmela
usó un algodón para untar algo en su pecho. Esteban le
aflojó la correa. Lo llamaron un par de veces, pero él no dijo
nada. Esteban llamó a Emergencias otra vez y gritó grose-
rías al teléfono, pero en ese mismo momento le dieron gol-
pazos a la puerta. Eran los paramédicos, ahogados por el
ascenso de la escalera. Lo subieron en la camilla, uno de
ellos tomó el pulso, el otro pidió que le pusieran todos los
medicamentos que él se tomaba en una bolsa. Le apretaba
con la yema de los dedos en la frente mientras hablaba. El
otro le tomaba el pulso. Le dieron oxígeno y salieron apurados con su cuerpo.

La ambulancia llegó a toda prisa al hospital. Cuando
entraban a emergencia, Esteban quiso mirar al cielo y vio a
lo lejos, asomándose tras los edificios, el pináculo del Empire State. Una enfermera se lo llevó a un lado y le hizo algunas preguntas, pero no lo dejaron entrar. Esteban recibió
una bolsa plástica, de cierre autoadhesivo, con las pocas
pertenencias que le encontraron a Plinio: un peine viejo,
cinco dólares, su anillo de bodas y una menta de espíritu.

Los demás irrumpieron por la sala de espera y encontraron a Esteban llorando. A Justina se la llevaron a ponerle
oxígeno, porque se ahogaba. Una hora después salió el médico de Plinio, que se encontraba en el hospital esa mañana,
sonriente, repeinado, con la corbata bien puesta. El médico
trató de tranquilizarlos, asegurándoles que hacían todo lo

que se podía y que él todavía mostraba signos vitales. Se abrazaron, se besaron, y quisieron entrar de una vez a verlo.

Pusieron a Plinio en cuidados intensivos y la familia ocupó uno de los cuartos de espera. Se tomaban turnos de dos en dos para verlo. Era otro. Tenía el rostro, las manos y las piernas hinchadas. Tenía la boca entubada y lo habían conectado a un respirador artificial. Todavía olía al mentol que le pusieron en el pecho. A Ramona le dio un ataque de desesperación cuando recordó que no llegó a beberse el café esa mañana, que estaba en ayunas.

Dieciséis días después abrió los ojos cuando las dos nietas, Delancey y Mariela, lo miraban. Mariela pegó un grito, convencida de que presenciaba un ser de ultratumba. Sus irises, que en la vejez habían perdido su vistosidad con tantos capilares enrojecidos, parecían entonces más azules. Extrañamente, eran ojos de juventud con los que él quería decirles algo. Graciela se tomó el trabajo de contarle lo sucedido con todos sus pormenores y Alexa se inventó un modo de comunicación para saber si entendía todo lo que le decían. Le ponía un dedo en las manos y le decía que para decir sí apretara una vez y para decir no apretara dos veces. Así supieron que esa mirada de desesperación era nada más que de sed y, siguiendo instrucciones de las enfermeras, le humedecieron los labios agrietados con trocitos de algodón. Contestando a las preguntas de sus hijos, llegó a decirles que la última memoria que tenía era de la noche que fueron al edificio alto. Ramona supo que él quería café, que la quería a ella y que quería a sus hijos y nietos. Y sí, quería seguir viviendo.

Plinio fue pareciéndose más a Plinio a medida que desapareció la hinchazón. A los veintisiete días sucedió el milagro que todos esperaban. Extrajeron de su cuerpo el tubo de la máquina respiradora, y aunque casi se asfixió sacó luego unos respiros cortos que le devolvieron el habla cansada y la misma tos carraspera de siempre. Esa noche volvió a ser él mismo y les rogó que se lo llevaran de regreso al apartamento, pero la supervisora de enfermería se opuso y clausuró la reunión familiar. Les ordenó que se despidieran y lo dejaran descansar.

Solo Ramona y Esteban se encontraban con el enfermo la mañana siguiente en el cuarto privado que le habían asignado, cuando los pulmones de Plinio colapsaron para siempre. Aparentemente estaba bien, y acababa de orinar en un recipiente, cuando se agarró el pecho y dijo sus últimas palabras: "El hacha va y viene". Transpiró tanto que parecía que se le vaciaban los poros. Dejó caer la cabeza hacia atrás y los ojos se le quedaron fijos, mirando al techo. Pequeños depósitos de sudor se mecían entre los huecos de sus clavículas. Ramona se tapó los ojos con los dedos, pero las lágrimas salían por entre ellos. Era el final.

***

En la funeraria lo colocaron sobre una mesa esterilizada donde lo lavaron y desinfectaron. Lo afeitaron. Como no tenía dientes naturales lo cosieron por las fosas nasales. Con una crema pegajosa y transparente le sellaron los labios. Le metieron un plástico bajo los párpados para cerrarlos como si durmiera. Le insertaron un tubo por la arteria carótida y otro por la vena cava. Lo conectaron a la máquina. Por la arteria le inyectaron el solvente y por el otro lado le sacaron la sangre. Le succionaron la cavidad abdominal y le inyectaron químicos preservativos. Luego le lavaron el pelo con champú y acondicionador y lo peinaron. Le hicieron manicura y le pusieron crema humectante. Lo vistieron con ropas nuevas y lo maquillaron. Por último, lo acomodaron en el ataúd, con su traje negro, su corbata de rayas azules, el rosario blanco y el crucifijo plateado en las manos de dedos entretejidos, los zapatos nuevos, bien lustrados, las hebillas brillosas. El toque final fueron unas luces tenues, acarameladas, sobre el rostro, sobre las manos, para acentuar esa aura de paz.

Paz eterna. Paz que da miedo.

Fue como si muriera tres veces, porque tres veces estuvo de cuerpo presente. Primero en Nueva York. Todos esos pésames, aguados, condolidos, respetuosos. Hubo flores, muchas flores, crisantemos, rosas, claveles. Todos los hijos lloraron. A Ramona se le secaron los ojos. Esteban, entre los nietos, no pudo reprimir el llanto cuando llegó a la funeraria y lo vio así tan elegante. Era la primera vez que se ponía traje desde que le prestaron uno para su boda. Era la primera vez que lo veía con corbata, con zapatos tan lustrados. Era la primera vez que parecía un gran señor. Tuvieron que llevárselo en brazos al final de la noche. Los empleados de la funeraria le pusieron una manigueta a la caja y, con cada vuelta que le daban, el cuerpo descendía lentamente. Después lo cerraron. Envolvieron el féretro en una caja comercial en la que decía en grandes letras cuadradas y rojas,

reproducidas en tres idiomas: MUY FRÁGIL. CARGA-
MENTO HUMANO. USE EXTREMO CUIDADO.

Lo volvieron a desempacar, a arreglar y a velar en
Santiago, y estaban las gentes del barrio, todos aquellos que
no se fueron a ningún lado, los viejos que sobrevivían, esos
señores antiguos que se paraban en las esquinas a hablar de
sus achaques, y la señora que vendía ensaladas y la que
vendía carne, y la modista, y la enfermera que ponía inyec-
ciones, y los que no lo conocían pero querían el café con
galletas de la funeraria y sentían pena también, porque la
muerte siempre es triste. Lo volvieron a empacar y lo vela-
ron una tercera vez, en Damajagua Adentro. Ya no quedaba
casi nadie allí, pero los que quedaban fueron, estuvieron,
lamentaron, contaron las historias que sabían de la familia,
lo que venía de padres a hijos y se perdía en el anonimato, y
hasta apareció un viejo aserrador que relató la historia de la
noche aquella que el hombre de arena se le subió a la espalda, según Plinio mismo le había contado. Y enterraron a
Plinio, el primer cuerpo en esas tierras que nunca habían
tenido cementerio. Volvería al lodo que se había tragado las
placentas y los ombligos de sus hijos. Volvería, aunque su
sangre se quedara al otro lado del mar, y se uniera, algún
día, a los desechos, a la mierda líquida de Nueva York.

8

La muerte tiene una manera eficiente de terminar las cosas, indiferente a cualquier sentimiento humano. Todo lo que vive tiene que morir. Eso es todo y nada más. La muerte es una realidad absoluta y, como tal, es la vida misma, tanto como la sombra es una proyección negativa de la luz. Pero uno tiene que seguir adelante, porque no hacerlo es ceder ante esa misma fatalidad que preferimos posponer hasta que no podemos huir más de ella. Uno tiene que volver a la rutina: levantarse temprano cada mañana, cepillarse los dientes, pararse ante la ducha a buscar el valor para meterse bajo el caño de agua fría, tomar café, salir del apartamento, tomar el elevador, caminar por el pasillo y empujar la puerta del vestíbulo antes de atreverse a confrontar cada día.

La rutina reconforta. Después de las pequeñas y grandes tragedias de existir uno siente que todo tiene sentido si hay orden. Uno quiere saber que las luces rojas significan pare y que tiene que obedecer las reglas de estacionamiento alterno si no quiere pagar una infracción. Hasta la infracción resulta buena, porque recibirla significa que uno existe. Uno es un ente que la ley reconoce. Uno habita un mundo donde la causa y el efecto imperan.

Todo el mundo lo sabe: La vida sigue.

Y ese sentido común es lo que hace que dos hermanos, por ejemplo, vayan un lunes en la mañana a atender su bodega, después de dejar al hombre que los engendró seis pies bajo tierra — Mientras un guardia contratado por ellos vigila la tumba que dejaron atrás para evitar que algún ladrón de féretros vaya a profanarla.

***

Esteban preparó las palomitas en el microondas. Las repartió en tres recipientes plásticos. Tobías ignoró el suyo, porque se preparaba para contar el dinero que tenían hasta esa hora. Estaba limpiando la caja registradora para depositar la mayor parte de los ingresos en la caja fuerte. Como todos los días.

Esteban y Erasmo comían palomitas con las armas en las manos. Esteban tenía la pistola y Erasmo el revólver. Erasmo le tiró una palomita a Tobías, pero este no le hizo caso. Cuando hizo lo mismo con Esteban, aquel le respondió con una ráfaga. Estaban correteándose entre los tramos con puños de palomitas como municiones.

—Parecen muchachos. Ustedes van a recoger el desorden que están haciendo – les dijo Tobías, mientras enfundaba los billetes.

Una mujer abrió la puerta de repente y los espabiló. Esteban se sacó la pistola del cinto, por si acaso, pero la mujer fue derecho al refrigerador a buscar un galón de leche.

Esteban estaba poniéndose el cañón en el cinto cuando lo que debieron ser tres hombres tiraron la puerta contra la pared y uno de ellos empezó a disparar. Erasmo estaba con un brazo en el aire, tirando palomitas, cuando lo alcanzaron en el costado izquierdo. Esteban tiró del gatillo repetidas veces, agujereando la pared y tumbando al piso a uno de los hombres. La mujer soltó el galón de leche al aire y se estrelló contra el tramo de bolsas de habichuelas.

— ¡Rómpelos Esteban! —gritó Tobías, antes de caer detrás del mostrador.

Esteban derrumbó dos estantes entre la balacera y se incrustó entre la nevera de los productos lácteos y la de las cervezas. Desde esa esquina, soltó todos los tiros, hasta que se le acabaron, sin saber al final si disparaba al aire o si los había matado a todos. Alcanzó a ver un chisguete de sangre durante la balacera. Se quedó quieto y notó que sus brazos temblaban. El silencio era más profundo que el ruido de las balas. Sintió un dolor caliente y descubrió, al tocarse, una herida de bala en su brazo izquierdo.

Vio a uno de los hombres salir con la bolsa de papel donde Tobías había puesto el dinero.

— ¿Tobi? ¿Erasmo?

Solamente la mujer respondió:

— Aquí hay un pozo de sangre.

A lo lejos se oyó una sirena y Esteban levantó la cabeza para darse cuenta de que el cristal de la puerta estaba roto y que el brazo lánguido de un hombre salía como de un tramo. La mujer empezó a gemir desde abajo de la mercancía. Él se puso de pie en el mismo momento en que un policía se asomaba a la puerta apuntando su arma. Esteban alzó los brazos.

Se oyeron más sirenas en la distancia.

***

El siguiente cumpleaños de Ramona no pusieron música, pero se reunieron, y hasta se rieron, celebrando el cumpleaños de la mamá de todos, y hubo lágrimas también, porque siempre hay lágrimas en esas ocasiones. Hubo esperanza. Hubo la dicha de estar ahí. Hubo bizcocho.

Hasta Alexa dejó a un lado su depresión y lideró al grupo cantándole un feliz cumpleaños, bilingüe y desafinado. *Cumpleaños feliz, cumpleaños feliz, que lo cumpla, queeeerida Ramona, que lo cuuumplas feliz. Happy birthday to you, happy birthday to you, happy birthday, deeeear Raaamoona, happy birthday tooo youuu. ¡Yeeeee!*

Espérese un momento, dijo Alexa. Le dijo que tenía que pedir un deseo antes de apagar la vela, pero que no lo dijera en voz alta, porque si lo decía no se cumplía. Ramona pensó un momento, miró a su familia, inhaló profundo, y pidió su deseo. No se lo dijo a nadie y apagó la vela, y la luz de una cámara fotográfica relampagueó cuando ella soplaba la vela. Todos aplaudieron. Ramona repitió el deseo para sus adentros: *Que algún día estemos juntos para siempre.*

Apéndice

Víctor Manuel Ramos gana
el Primer Certamen Literario de la
Academia Norteamericana de la Lengua Española
Comunicado de prensa emitido por la ANLE

Nueva York;
23 de junio, 2010.

Víctor Manuel Ramos, escritor y periodista dominicano residente en Orlando (Florida), fue proclamado ganador del Primer Certamen Literario de la Academia Norteamericana de la Lengua Española (ANLE).

El jurado, compuesto por Rolando Hinojosa Smith, Víctor Fuentes y Mariela Gutiérrez, falló, por unanimidad, en favor de la novela *La vida pasajera*, que había presentado el autor con el seudónimo "Alvar de Marién".

El director de la ANLE, Gerardo Piña-Rosales, anunció el fallo del Certamen — cuyo tema era "La experiencia inmigratoria en Estados Unidos" — y recordó que la Academia había instituido el premio conjuntamente con la Fundación Instituto Castellano y Leonés de la Lengua de Burgos, España, "para reconocer el talento de los escritores que escriben en español en Estados Unidos".

El coordinador del certamen, Jorge Ignacio Covarrubias, secretario de la ANLE, anunció que el premio se otorgará en un acto público en el mes de octubre, en cuya ocasión se anunciarán las bases del segundo certamen literario de la Academia.

"Tanto el aspecto formal como la caracterización de personajes de *La vida pasajera* convencen al lector. La novela merece más de una lectura", declaró Hinojosa-Smith, uno de los mejores novelistas chicanos, recientemente presentado por la ANLE para el Premio Cervantes.

A juicio de Mariela Gutiérrez, la obra de Ramos "es una excelente novela, con una sólida estructura y un estilo lleno de madurez literaria". "Entre las varias virtudes que me llevaron a escogerla como ganadora se encuentran su hermosa narrativa poética y la virtud de hacer que el lector se inmiscuya en la trama desde el principio", comentó la directora y profesora del Departamento de Estudios Hispánicos de la Universidad de Waterloo, Ontario, Canadá. "*La vida pasajera* — afirmó — es una joyita literaria que merece ser premiada y ante todo leída".

Por su parte, Víctor Fuentes consideró digno de admirar en la novela "el lenguaje del autor que tan bien sabe combinar la objetividad en la descripción de lugares y costumbres, tanto en el lugar de origen como en el de la inmigración, con la subjetividad creadora que potencia poéticamente sus descripciones". Para Fuentes, profesor emérito de la Universidad de California en Santa Bárbara, crítico literario y novelista, el autor de *La vida pasajera* "penetra con sutileza y agudeza en los motivos psicológicos de los personajes, captando ese ritmo propio e irregular de la vida que novela y que con tanto sentido de verdad se palpa en esta ficción novelesca".

Víctor Manuel Ramos manifestó su satisfacción de haber triunfado en el certamen: "Es para mí —declaró—una gran alegría y un honor recibir este reconocimiento de una organización a la cual respeto y cuya misión considero de inmensa importancia para el patrimonio cultural, no solamente de los hispanos en Norteamérica sino también de los países anglohablantes que nos acogen. Por otra parte, saber que mi novela va a ser publicada por la prestigiosa Fundación Instituto Castellano y Leonés de la Lengua, de Burgos, me llena de orgullo".

Víctor Manuel Ramos, que escribe para el Orlando Sentinel, ex redactor de El Daily News, El Diario/La Prensa y Newsday, y cuyos artículos han sido premiados por la National Association of Hispanic Publications, el Florida Press Club y la Florida Society of Newspaper Editors, se refirió a su novela diciendo que La vida pasajera "es una carta sentimental a mis orígenes, a mi madre, a mis abuelos, a mis tíos y tías, a mis primos y, en fin, a todos los que hemos vivido el trauma de la emigración y la experiencia de la inmigración. La experiencia migratoria es la última prueba en esa lucha existencial, donde unos sucumbirán, otros alcanzarán alguna medida de éxito y todos sabrán que fuerzas mayores que ellos tienen la última palabra. La vida pasajera es una saga familiar en la que caben historias inconclusas y cuyos verdaderos protagonistas son fuerzas que superan a los personajes, pero contra las cuales ellos no dejan de batallar con verdadero heroísmo".

Comisión de Información, ANLE.
www.anle.us

La importancia de las palabras
Víctor Manuel Ramos

Discurso en acto de presentación del
Primer Certamen Literario
de la Academia Norteamericana
de la Lengua Española.

Queridos amigos.

Gracias por acompañarme esta noche en ocasión de la publicación de mi novela. Quisiera hablar un poco de lo que significan las palabras en este sospechoso arte de la escritura, pero lo voy a hacer a través de historias que se entrelazan a mi propia vida.

La tarde soleada que salí de República Dominicana llevaba muy pocas pertenencias en mi maleta. Mis familiares en Nueva York me habían instruido a que dejara todo, excepto la ropa que llevaba puesta y algunos artículos de primera necesidad.

Esto me puso en la difícil situación en la que se encuentran todos los que emigran, especialmente si saben que el regreso se va a dificultar (que es lo que casi siempre sucede). Tienen —o tenemos— que escoger qué partes de la vida que queda atrás ocupará el preciado espacio del equipaje.

Aún a mis quince años de edad había muchas cosas que podía traer: mi guante de béisbol, mi colección de audio cassettes, el tablero de ajedrez que un amigo ebanista hizo para mí, alguna que otra carta de amor —en fin, debía escoger cómo compendiar mi mundo.

El limitado espacio que quedaba en mi maleta

—después de las tortas de casabe, los aguacates verdes y las botellas de licor que mis familiares me hicieron traer de contrabando— lo guardé para mis álbumes de fotografías amarillentas y, esto es lo que quiero señalar, para una selección de libros.

Todavía recuerdo cuáles eran.

Aún más: después de numerosas mudanzas, los sigo llevando conmigo.

Sigue en mi librero "Dios habla hoy", la biblia tiznada que un predicador ambulante le vendió a mi abuela y que yo terminé devorando, intrigado más por el superhéroe Moisés que por las amonestaciones morales de los profetas. Todavía tengo mis libros de "Ciencias Naturales" y de "Biología Humana", que mi madre compró usados con los pocos pesos que ganaba en la fábrica extranjera donde cosía. Igual tengo mi "Visión general de la historia dominicana", un tema que aborrecía en los años de secundaria pero que se hizo del todo importante al momento de salir. Tengo forrado en plástico mi "Libro Quinto de Lectura", del que recuerdo poemas de Amado Nervo y Gabriela Mistral, y una cita que se atribuía a Ralph Waldo Emerson y a la que casi reconozco como precepto de fe: "El hombre está hecho para la lucha, no para el descanso".

También se encuentran los primeros textos de ficción que leí más allá de los relatos infantiles.

Uno es la novela histórica «Enriquillo» en la que el dominicano Manuel de Jesús Galván relata la tragedia indígena de América a través de un cacique taíno que profiere, con altivez: "Es preferible la muerte a la humillación del alma".

El otro es «La vorágine», novela del colombiano José Eustasio Rivera que leí en el avión, y que me transportó a la lucha por la supervivencia, alertándome sobre la explotación del hombre por el hombre, en el escenario embriagador de la selva amazónica. Me atrapó aquel renglón inicial, puesto en boca del personaje Arturo Cova, que sugería peligros en la vida de un hombre: "Antes que me hubiera apasionado mujer alguna, jugué mi corazón al azar y me lo ganó la violencia".

Imagínense ustedes lo que pesaba mi equipaje con todas esas letras.

Digo esto para puntualizar que a la hora de resumir mi mundo recurrí instintivamente a los libros —a los que me informaban, a los que me despertaban la imaginación y a los que me inspiraban a mejorar mi condición humana.

Los libros siguen siendo la voz de nuestros antepasados y por eso nos obligan a formularnos esta pregunta: ¿Qué voz, qué legado, dejaremos nosotros?

Los 50 millones de hispanos que tenemos nuestro hogar en Estados Unidos no podemos permitir que la historia nos pase por encima sin que nuestras voces expliquen nuestro lugar en ella. Tenemos que escribir, tenemos que publicar y tenemos que hacerlo en torno a temas nuestros, sin traicionar el genio mismo de la lengua.

No tengo nada contra pensar, hablar y escribir en inglés —de hecho, suelo decir que me gano el arroz y las habichuelas de cada día escribiendo en esa lengua del bardo— pero como dijera Miguel de Cervantes en voz del inmortal don Quijote: "todos los poetas antiguos escribieron en la lengua que mamaron en la leche, y no fueron a buscar las estranjeras para declarar la alteza de sus conceptos".

No deberíamos, pues, socavar siglos de tradición literaria, porque en ello perdemos nosotros, pierden nuestros hijos y pierde el país donde hemos hecho nuestro hogar. Una lengua y su literatura son parte de un legado cultural que trasciende fronteras.

La novela que escribí y que la Academia Norteamericana de la Lengua Española ha tenido a bien premiar en su Primer Certamen Literario es también, como todas las obras de ficción, una especie de equipaje. La escribí entre los años 2001 y 2004 a partir de algunas imágenes que me invadieron una noche cualquiera: estaba en el apartamento de mi madre en el Lower East Side de Manhattan, oyendo a mi abuela materna contar historias de su niñez cuando irrumpió la idea de relatar algo que traía conmigo y que en parte no me pertenecía.

He oído las mismas historias de mi abuela y de otros narradores en la familia muchas veces, pero nunca me aburren, y reconozco en ellas el germen de relatos que alimentan mi identidad narrativa. Porque desde que el hombre es hombre y la mujer es mujer somos seres que contamos historias y a través de ellas nos relacionamos.

En todo caso, es en medio de una historia de esas que me llega como un rayo la imagen de una mujer, a quien nunca conocí, en su lecho de muerte. Y en esa escena, una niña que captura aquella realidad y de alguna manera sabe que tendrá que transmitirla a generaciones futuras: ¿no es la lucha entre la vida y la muerte la esencia misma de cualquier relato?

Apuré a mi esposa a que nos fuéramos y manejé enloquecido hacia el apartamento donde residíamos en Queens porque sentía la necesidad de escribir. Empecé con esa escena, pensándola como un cuento, pero la historia seguía creciendo, desbordándose desde aquella parte de mí donde decía Juan Rulfo en su «Pedro Páramo» que "es como una alcancía donde hemos guardado nuestros recuerdos". Así nació esta novela.

Y digo que es una forma de equipaje porque los escritores ponemos imágenes, personajes, situaciones, cuya importancia uno no entiende necesariamente en ese momento pero sabe que tiene que comunicar, que tiene que llevar con uno y poner en su casa, como se ponen los muebles, los cuadros, las viejas fotografías que hacen de un sitio un hogar —y que nos permiten servir de testigos para la vida que se nos ha dado.

No sé si soy el único al que le sucede esto, pero cuando alguien me pregunta de qué trata un relato que he escrito se me traba la lengua. Se me hace difícil resumir los matices de una narración en alguna oración de ciento cuarenta caracteres o menos y a veces me siento tentado a contestar: "Tendrás que leer si de veras quieres saberlo".

¿Por qué? Porque una obra de ficción no es sólo la historia, la anécdota, la fábula, es decir lo que se cuenta, sino la forma, el andamiaje en que todo eso está contado. No trata sólo del destino de los personajes, sino de la esencia de esos personajes. Y si esa experiencia que se da entre escritor y lector, y viceversa, se pudiera expresar someramente, entonces no haría falta un don Quijote combatiendo molinos de vientos.

Pero voy a intentar resumir de todas maneras: «La vida pasajera», en el sentido más estricto, narra las experiencias de una familia dominicana que combate las vicisitudes de la pobreza en un tiempo y espacio donde, como decimos en nuestra fraseología vernácula, al pobre se lo lleva quien lo trajo. Esta familia, los Espinal, se enfrasca, sin embargo, en la lucha por la vida, en la vida por la vida misma, y busca y afana, y trabaja, y finalmente emigra, como ha sucedido con millones de nosotros que sabemos algo en carne propia: no somos exiliados políticos; somos exiliados de una política fracasada y de los traspiés históricos de la injusticia. En la experiencia migratoria está la nueva lucha, la duda interior que viene con ocupar otro lugar en el mundo y la persecución del éxito, como un nuevo dios que siempre se mofa de nosotros. En pocas palabras, esta novela es sobre la muerte. Pero es sobre la muerte en la vorágine de la vida.

Que conste: me tomó más de novecientos caracteres llegar a este resumen.

Para concluir, quiero contar algo más. Hasta hace sólo unos meses viví en el estado de la Florida, donde es patente la herencia cultural hispana del territorio estadounidense.

Allí llegué a conocer a algunos descendientes de los españoles que llegaron a la península en el Siglo Dieciséis. Ya van por la octava, novena y décima generaciones. Esto me despertó el interés en el legado histórico y fui a ver lo que quedaba de aquellos atrevidos exploradores que llegaron con Juan Ponce de León en abril de 1513 y le dieron nombre a ese territorio.

Así que una tarde cualquiera de agosto se me ocurrió ir a conocer el poblado fundado por Pedro Menéndez de Avilés en 1565, y que fuera la primera ciudad en el territorio que se convertiría en Estados Unidos. Una ciudad donde se hablaba español.

Me refiero a San Agustín.

Recorrí aquellas calles estrechas y caminé por casas centenarias de gente que tenía apellidos como González, Núñez, Rodríguez... Y sentí, aunque parezca ridículo, una conexión espiritual con la tierra arenosa, con las paredes de coquina, con el aire salado —con la experiencia, en fin, de quien deja atrás una tierra en busca de nuevos horizontes y que, irónicamente, vuelve a crear algo del mundo que quedó atrás, de aquello que considera lo mejor de sí.

Hay algo más que noté en aquella visita. Fue

dentro del Castillo de San Marcos, un impresionante fuerte, hecho de roca blanca, que los aguerridos españoles de antaño tardaron 23 años en erigir cerca de la costa atlántica. Me sentí algo sofocado y claustrofóbico al caminar por entre sus recámaras de gruesas y húmedas paredes en una tarde de calor tropical, especialmente al entrar a las apestosas celdas donde encerraban a los primeros prisioneros del nuevo-viejo-mundo. Pensé en la dureza de aquella vida para conquistadores y conquistados —aunque al final todos cayeran en esta última categoría.

Entonces me llamó mucho la atención lo que noté en las paredes.

Había trazos incrustados en la roca. Por mucho que examiné aquellas paredes, aquel velado palimpsesto, no pude deducir ni una sola palabra. Lo único que comprendí al verlas fue que algunos hombres que habitaron o se encontraron encerrados en ese castillo quisieron dejar un mensaje. Tal vez algo simple, pero de profundidad existencial, como aquella tontería que yo y muchos otros escribimos en pupitres y paredes cuando niños: "Víctor estuvo aquí". Tal vez algo más serio, como una denuncia contra la injusticia o una advertencia para los que llegaran después sobre el peligro de los mosquitos de la selva húmeda. Tal vez un ruego a la divinidad por la salvación, real o imaginaria, del alma. Tal vez un "te amo" a algún ser querido.

En todo caso, aquellas palabras, todas las palabras, son testimonio del paso por la vida.

Qué pena sería si a través de los años, las décadas y los siglos nuestras palabras se perdieran como las de aquellas paredes de San Agustín. Qué responsabilidad la nuestra la de hablarle a un mundo futuro sobre nuestras vidas, nuestras vicisitudes, nuestros sueños —darnos esa oportunidad de expresarnos, de conocernos y de que otros, que todavía no existen, nos conozcan.

Dicho esto, sólo me queda agradecer a los distinguidos miembros del jurado (Mariela Gutiérrez, Rolando Hinojosa Smith y Víctor Fuentes) por el reconocimiento; a la Academia Norteamericana de la Lengua, y en ella a su director, Gerardo Piña-Rosales, y a su secretario y coordinador de este certamen, Jorge Ignacio Covarrubias, por brindar esta oportunidad a nuevos escritores; a Gonzalo Santonja, director de la Fundación Instituto Castellano y Leonés de la Lengua, por haber publicado, en conjunto con la Academia, este libro que hoy presentamos, y entre los oradores de esta noche a Patricia López-Gay, de New York University, y Nuria Morgado, de la City University of New York —a todos ellos y a otros que hacen posible el evento por reconocer este legado de todos, por promover la idea de que tenemos permiso para hablar —y escribir— en la lengua que recibimos en la leche de la madre.

Pronunciado el 22 de abril de 2011, en el Centro Juan Carlos I, de New York University, Manhattan, Nueva York.

Sobre el autor

Víctor Manuel Ramos es escritor y periodista bilingüe, premiado por sus artículos en medios de prensa escrita de Estados Unidos. Originario de República Dominicana, vivió desde su adolescencia en la ciudad de Nueva York. Su ficción en español e inglés da voz a personajes fuera de la narrativa oficial, según ellos atraviesan paisajes que van de lo inverosímil a lo impersonal. Ganó en 2010 el Primer Certamen Literario de la *Academia Norteamericana de la Lengua Española* por esta novela. También es autor de *Morirsoñando: Cuentos agridulces, 1998-2008.* Sus cuentos se han publicado en medios literarios de España, Estados Unidos e Inglaterra.

Del mismo autor

Morirsoñando
Cuentos agridulces, 1998-2008

Víctor Manuel Ramos

El terrorista que sonríe; la mujer que no existe; las criaturas espeluznantes y frías: el amor. Estos cuentos de *Morirso-ñando* capturan un sueño profundo y real. Dicen que el sueño es la muerte chiquita, pero los contornos entre este y la realidad no son siempre tan claros. En este libro, también el nombre de una bebida agridulce en República Domini-cana, se entrelazan lo material y lo invisible para conspirar en los destinos de los personajes, igual que sucede en la vi-da. En estas páginas las aguas hablan, la identidad se con-funde y la historia oficial resulta sin importancia, porque el individuo, el simple ser humano, emerge como el eslabón entre la realidad aparente y los sueños que la conforman.